서문문고
316

에밀리아 갈로티

G. E. 레싱 지음
송 전 옮김

※ 에밀리아 갈로티

차 례

제 1 막 ·· 7
제 2 막 ·· 39
제 3 막 ·· 75
제 4 막 ·· 105
제 5 막 ·· 145
레싱의 문학·역사·사회 ······························ 177
   1. 레싱과 계몽주의 시대 ························ 179
   2. 프로이센의 발흥(勃興) ······················ 188
   3. 레싱의 삶의 궤적 ···························· 196
   4. 레싱의 중요 드라마 ·························· 210

에밀리아 갈로티

- 5막 비극

등 장 인 물

에밀리아 갈로티
오도아도르 갈로티 ─┐
클라우디아 갈로티 ─┘ 에밀리아 갈로티의 부모
헤토레 곤차가 구아스탈라의 영주(領主)
마리넬리 영주의 관방장
카밀로 로타 영주의 행정관 중 한 사람
콘 티 화가
아피아니 백작
오르시나 백작부인
안젤로와 하인 몇 명

제 1 막

장 소 : 영주의 집무실

제 1 장

각종 편지와 서류가 수북히 놓여 있는 집무 테이블 곁에 영주가 서 있다.
그 중 몇 장을 훑어 보면서.

영 주 고소장, 청원서, 온통 이런 것들뿐이야! 서글픈 일거리야. 사람들은 우릴 부러워하겠지! 그럴 거야! 모두 도와 줄 수 있다면야 그럴 만하겠지. 에밀리아? (어떤 청원서를 펼치며 서명된 이름을 들여다본다.) 에밀리아? 에밀리아 부르네스키로군. 에밀리아 갈로티가 아니야. 뭘 원하지? (읽는다) 요구가 대단히 많군. 하지만 이름이 에밀리아니까 내 승인하지! (서명을 하고 테이블 종을 울린다. 관방시종이 들어온다) 부속실에 행정관이 아무도 없나?

시 종 예.

영 주 일과를 너무 일찍 시작했군. 아침이 아름다워. 마차로 한 바퀴 돌아봐야겠다. 마리넬리 관방장에게 나를 수행하라고 일러라. 들어오시라고 해. (관방시종 방에서 나간다) 일을 더 할 수가 없어. 침착했던 마음이 가라앉았다고 생각했었는데……

가련한 에밀리아 부르네스키란 이름을 입에서 들먹였기 때문이야. 분명해. 마음의 안정이 모두 깨져 버렸군!

시 종 (다시 방으로 들어오면서) 관방장께 사람을 보냈습니다. 여기 오르시나 백작부인의 서신이 와 있습니다.

영 주 오르시나? 저기 놔두게.

시 종 심부름꾼이 기다리고 있습니다만.

영 주 필요하면 답을 보낸다고 해라. 백작부인은 어디 있나? 시내인가, 백작부인 별장인가?

시 종 백작부인은 어제 시내로 들어 왔습니다.

영 주 안 좋군. 아니 더 잘 됐어. 그렇다면 더 더욱 심부름꾼이 기다릴 필요가 없어. (관방시종 방에서 나간다) 나의 정숙한 백작부인! (손에 편지를 집어들면서, 씁쓸한 표정을 짓는다) 읽은 거나 진배없어! (다시 던져 버리면서) 하긴, 그녀를 사랑한다고 생각했었지! 무슨 생각인들 못할까! 내가 그녀를 정말 사랑했을 수도 있었겠지. 하지만 이젠 지난 일!

시 종 (재차 방에 들어와서) 화가 콘티가 배알을 원합니다.

영 주 콘티? 그래, 들라 해라. 내 머리 속에 다른 생각을 심어줄지도 모르지. (일어선다)

제 2 장

　　콘티. 영주.

영　주　좋은 아침이오, 콘티. 어떻게 지냈소? 예술 활동은 어떻고?
콘　티　전하, 예술이 빵을 찾고 있습니다요.
영　주　그래서는 안 되지, 안 되고 말고. 내가 다스리는 곳에선 결코 안 될 일이지. 하지만 예술가들도 일하려는 의욕이 있어야하오.
콘　티　일이요? 그야 예술가들의 기쁨입지요. 다만 일을 너무 많이 하게 되면, 예술가는 명성을 잃게 됩지요.
영　주　많은 일을 하라는 뜻이 아니라, 일을 많이 하라는 말이오. 몇 가지 일을 열심히. 빈손으로 오지는 않았겠지, 콘킈?
콘　티　하명하신 초상화를 가지고 왔습니다요, 자비로우신 전하. 그밖에 하명치 않으셨지만 보실 만한 초상화 한 점하고 말입니다.
영　주　저것이요? 전혀 기억이 없구려.

콘 티 오르시나 백작부인입니다.

영 주 그렇군! 상당히 오래 전 청탁인데.

콘 티 아름다운 부인께서 매일 그리게 해주시지 않았습죠. 지난 3개월 동안 딱 한 번 작정하고 앉으셔서 그리게 해주셨습니다요.

영 주 그림은 어디에 있소.

콘 티 대기실에 있습니다. 가져옵지요.

제 3 장

영 주   그림이 실제 백작부인은 아니니까. 모르지, 그림을 통해 실제 인물에게서 볼 수 없는 면모를 다시 찾아낼지. 하지만 그런 걸 다시 찾고 싶지는 않아. 귀찮은 환쟁이군! 그녀가 저 환쟁이를 매수했을지도 몰라. 그럴지도 모르지! 만약 다른 색깔로 된 그녀 그림이 다른 바탕 위에 그려져 있다면 그리고 그 그림이 내 마음속에서 다시 자리를 잡으려 한다면……. 그럴 듯한 얘기야. 정말, 내 생각이 맞을 거야. 내가 거기서 사랑했을 땐, 마음이 마냥 가볍고 기쁨에 넘쳐 주체할 수 없었지. 하지만 지금의 난 정반대가 되어 버렸어. 그럼. 아니지, 아니고 말고. 마음이 더 편하든 더 편하지 않든, 지금 이대로가 더 좋아.

제 4 장

영주, 그림을 든 콘티. 그림 중 하나를 의자에 기대어 놓는다.

콘 티 (다른 그림을 세워놓고) 전하, 이제 예술의 한계를 헤아려 보시기 바랍니다. 아름다움 중에서 가장 매력적인 부분은 흔히 예술의 한계 저 너머에 있습죠. 자, 이렇게 서 보십시오!

영 주 (잠시 살펴본 후) 훌륭하오, 콘티. 아주 훌륭해! 귀하의 예술, 귀하의 붓솜씨 말이오. 그렇지만 아첨기가 들어있소. 무한한 아첨기!

콘 티 정작 본인께서는 전하와 생각이 다르시더군요. 실제 이 그림에서는 예술이 당연히 해야 할 정도의 아첨을 넘어서지 않았습니다요. 예술은 만약에 조형적 본성이 있다면 그 조형적 본성이 사고해 낸 그림처럼 그림을 그려내야 한답니다. 소재가 자꾸 저항하기 때문에 어쩔 수 없이 생기기 마련인 오차 없이 말입니다. 또한 그런 소재와 시간이 부대껴 싸운 후의 썩은 흔적도 없이 말입지요.

영 주 생각하는 예술가는 대단히 귀중한 존재지. 그런데 이 그림의 주인은 이 그림을 탐탁지 않게…….

콘 티 용서하십시오, 영주님. 그 분은 제가 공경해야 할 분인뎁쇼. 저는 그 분에게 손해되는 말씀을 올릴 수가 없습니다.

영 주 마음 내키는 대로 하시오! 당사자는 어떻게 말합디까?

콘 티 그 분께서는, '난 더 추악하게만 뵈지 않으면 만족해요' 하시더군요.

영 주 더 추악하지 않으면? 오, 진실한 여인이로군!

콘 티 그 말도 그 분께서는 이런 표정으로 그러니까 이 그림을 추호도 의심하지 않는 표정으로 말씀하셨는뎁쇼.

영 주 내 말이 그거야. 바로 그것이, 내가 이 그림에서 말할 수 없는 아첨기를 발견한 대목이오. 오, 내가 잘 알지. 그 표정을, 그 거만하고 비웃음이 가득한 표정, 우아한 얼굴마저 찌그러뜨릴 그 표정! 난 부정하지 않아. 아름다운 입술은 약간의 비웃음을 머금으면 그 어여쁨이 더 한층 돋보일 수 있다는 걸. 그러나 잘 들어보오. 약간이라고 하였소. 그 비죽거림이 오만상을 찌푸리는 데까지 가서는 안 되는 법이오. 이 백작부인에게 처럼 말이지. 그리고 눈은 이 육욕적인 비웃는 입술을 감시하고 있어야 해. 이 백작부인에게는 바로 그런 눈이 없어. 이 그림 속에도 없소.

콘 티   자비하신 전하, 너무 곤혹스럽습니다만.

영 주   무엇 때문에? 내 말했다시피, 콘티, 그대는 그 툭 튀어나온 커다랗고 빤히 쳐다보는 백작부인의 메두사 눈을 예술이 할 수 있는 만큼, 정말 정직하게 그려낸 거요. 내, 정직이라고 말했던가? 그런 식으로 정직하지 않은 것이 더 정직했겠지만. 왜냐하면 콘티, 말을 해보오, 이 그림에서 이 인물의 성격을 유추할 수 있겠소? 그럴 수 있어야 할 거요. 그대는 오만을 품위로, 비웃음은 상냥한 웃음으로, 음침한 잡생각에 대한 기미를 부드러운 우수로 바꿔 놓았구려.

콘 티   (약간 화가 나서) 아, 전하. 연인들은 따뜻한 마음으로 그림을 부탁하지요. 그리고 우리 환쟁이들은 그림이 완성되었을 때 그 연인이 거기에서 똑같이 따뜻한 마음을 느낄 수 있도록 그리지요. 그러니까 사랑의 눈으로 그림을 그리지요. 그리고 사랑의 눈만이 역시 우리를 판단할 수 있습지요.

영 주   그래, 콘티. 그 그림을 한 달만 더 빨리 가져 왔으면 좋았겠소. 저리 놓아두시오. 그런데 다른 그림은?

콘 티   (그림을 가져와서 손의 앞면이 안 보이게 거꾸로 들고 있으면서) 역시 여인의 초상화지요.

영 주   그럼 차라리 안 보는 게 낫겠소. (손가락으로 머리를 가리키며) 이 이상(理想)에, 아니면 (손가락으로 심장부를 가리키며) 여기에 그림이 와 닿지 않을 테니까 말이오. 콘티, 난 그대 예술이 다른 모티브로 나의 찬사를 들어 주었으면 좋겠소.

콘 티   보다 경탄하실 만한 예술은 있겠지만, 이보다 더 경탄하실 대상은 없을 것입니다.

영 주   콘티, 내기를 걸지. 이 그림은 예술가 자신이 숭배하는 여인이겠지? (콘티가 그림을 돌려세우자) 아니, 콘티! 이게 그대 작품인가, 아니면 내 환상의 작품인가? 에밀리아 갈로티!

콘 티   네? 전하께서 이 천사를 알고 계십니까?

영 주   (자신의 마음을 진정시키려 애를 쓰며, 그러나 시선을 그림에서 떼지 못한다) 어느 정도는! 이렇게 다시 알아 볼 정도로 일주일 전 한 저녁 연회에서 어머니와 함께 있는 걸 보았소. 그 후 그녀는 성소에서 내 눈앞에 다시 나타났지. 놀라서 입을 벌리기에

　　　　 는 부적당한 그곳에서 말이오. 이 여자 아버지도 알고 있소. 나와 사이좋은 사람은 아니오. 사비오네타에 대한 내 권한에 가장 강하게 반발하고 나선 인물이지. 해묵은 비수 같은 친구지, 자부심 강하고 거친. 예전에 고분고분하고 착했는데……

콘 티　그건 아버지구요. 저희는 지금 그의 딸을 보고 있습죠.

영 주　맙소사! 마치 거울 속에서 훔쳐온 듯하군! (눈을 여전히 그림에 고정시킨 채) 콘티, 사람들이 예술가의 작품에 대한 칭찬마저 잊을 때야말로 예술가를 진정으로 찬양한다는 것을 알고 있겠지?

콘 티　그렇지만 저는 이 그림에 만족할 수 없습니다요. 하지만 저는 제가 이 그림에 만족하지 않는다는 점에 대해서 만족합니다. 하, 저희들이 눈으로 직접 그림을 그리지 않는다니! 눈에서부터 직접 팔을 통해 화필에 이르는 긴 도정에서 얼마나 많은 것이 망실되는지! 하지만 말입죠, 저는 알고 있습죠. 이 그림에서 무엇이 없어져 버렸고 어떻게 그것이 없어졌고 왜 그것이 없어질 수밖에 없었는지 말입니다. 이걸 안다는 것에 저는 자부심을 느낍니다요. 저는 이 점에 있어서 더 자부심을 느낍니다. 제가 이 그림 속에 잃어버리지 않고 담은 것에 대해 느끼는 자부심보다 더 큰 자부심을 말입니다. 왜냐하면 이 더 큰 자부심 때문에 저는 제가 위대한 화가라는 사실을 깨닫고, 또 제 손이 항상 한결같은 것은 아니라는 걸 깨닫기 때문입지요. 전하, 라파엘이 불행스럽게도 손이 없이 태어났더라면, 그는 가장 위대한 천재 화가가 되지 않았을까요? 전하, 어떻게 생각하십니까?

영 주 (그림에서 이제 방금 시선을 떼면서) 뭐라고, 콘티? 그대는 뭘 알고 싶어하는 게요?

콘 티 오, 아무것도, 아무것도 아닙니다요. 그냥 수다일 뿐입죠! 저는 그녀의 영혼이 그녀의 눈 안에 들어 있는 것 같습니다. 저는 그런 영혼과 그런 눈을 사랑합지요.

영 주 (냉정을 가장한 채) 그렇다면 콘티, 당신은 에밀리아 갈로티가 실제로 우리 시에서 가장 예쁜 여인들 중 한 사람이라고?

콘 티 그러니까, 그 중의 한 사람이오? 가장 예쁜 여인들 사이에 함께요? 그것도 우리 시의? 전하, 저를 비웃으시는군요.

영 주 이보게 친애하는 콘티. (눈을 다시 그림에 둔 채) 어떻게 우리들 각자가 자신의 눈을 믿을 수 있겠소? 하지만 실제로 화가만은 미에 대해 판단할 수 있겠지.
콘 티 그리고 모든 느낌 하나하나는 화가의 발언을 기다려야 된다는 말씀입지요? 우리 환쟁이에게 미가 무엇인지 배우려는 사람들은 함께 수도원에나 가셔야겠지요! 그렇지만 저는 환쟁이로서 전하께 말씀드릴 수 있습니다요. 에밀리아 갈로티가 초상화를 위해 제 앞에 앉아 있는 때가 제 생애의 가장 행복한 때라는 것을 말입니다. 이 머리 모습, 이 얼굴, 이 눈, 이 코, 이 입모습, 이 턱, 이 목, 이 가슴, 이 체격, 이 몸매, 이 모든 것들이 그 순간부터 제 유일한 여성미 연구거리입지요. 그녀가 마주앉아 있던 그림은 제가 없을 때 그녀의 부친이 가져갔습니다. 그러나 이 복사본은 ······.
영 주 (재빨리 콘티 쪽으로 몸을 돌리면서) 콘티, 아직 누구에게 주기로 되어 있는 것은 아니겠지?
콘 티 전하 드릴 겁니다. 만약 취향에 맞으신다면 말입니다.
영 주 취향? (웃으면서) 이 그대의 여성미 연구작품, 콘티. 내가 이걸 내것으로 하는 것보다 더 좋은 일이 있겠소? 저기 있는 저 초상화는 다시 가져가도록 하시오. 그 그림 넣을 액자를 주문하기 위해서 말이오.

콘 티 알아 모셨습니다요!

영 주 액자공이 할 수 있는 만큼 아름답고, 호사스럽게 만드시오. 화랑에다 걸어놓겠소. 하지만 이 그림은 여기에 놓아두리다. 한 개의 습작품을 가지고 수선을 떨게 없으니까. 걸어두지 않고, 늘 손 안에 들고 있겠소. 그대에게 감사하오. 이미 말했다시피, 내 영지에서 예술이 빵에 주려서는 안 되오. 내게 빵 한 조각도 남아있지 않을 때까지는 콘티, 내 재무관에게 영수증을 보내시오. 그리고 두 초상화에 대한 대금을 지불해 달라고 하시오. 당신이 원하는 액수만큼, 콘티.

콘 티 전하, 저는 전하께서 예술 말고 또 다른 것에 그렇게 후하게 돈을 지불하실까 겁이 나기까지 합니다요.

영 주 오, 이 시샘쟁이 예술가라니! 그러나 그렇지 않을 거요! 잘 들으오, 콘티, 당신이 원하는 정도요.(콘티가 퇴장한다)

제 5 장

영주.

영 주 그가 원하는 대로! (그림을 향하여) 네게 돈을 얼마를 치르더라도 비싼 게 아니지! 아, 아름다운 예술작품, 내가 진정으로 너를 소유한 것인가? 누가 너를 소유하든지, 자연의 아름다운 걸작품! 성실한 어미여, 당신은 이 딸의 대가로 무엇을 바라는가? 늙은 불평꾼 아비여, 당신은 무엇을 원하는가? 말하라! 말만 해! 오 요정이여, 난 그 누구보다도 너 자신에게 너를 사고 싶다! 사랑의 매력과 겸손으로 가득한 이 눈! 이 입모습! 말하려고 입을 벌릴 때면! 또 웃을 때면……, 누가 오는군. 아직 네게 대한 호기심이 남아 있는데… (그림을 벽 쪽으로 돌려놓으면서) 마리넬리인 모양이군. 그를 부르지 않았어야 하는 건대! 오늘 아침은 왜 이렇지!

제 6 장

마리넬리, 영즈.

마리넬리 자비로우신 전하, 용서하십시오. 저는 이렇게 일찍 하명이 있으시리라 생각지 못하였습니다.
영 주 마차 산책을 하고 싶었소. 아침이 너무나 좋아서. 그러나 이제 아침이 이미 지나 버렸구려. 산책하고 싶은 마음도 없어져 버렸고. (잠시 침묵을 한 다음) 무슨 새로운 소식이 있소, 마리넬리?
마리넬리 제가 알기로는 중요한 일은 아무것도 없습니다. 오르시나 백작부인께서 어제 시내로 들어오셨답니다.
영 주 여기 이미 백작부인의 아침인사가 와 있소.(그녀의 편지를 가리킨다) 하긴 저게 무엇이든 상관없지만! 읽고 싶은 마음이 전혀 없소. 관방장은 백작부인과 만났소?
마리넬리 전하, 유감스럽게도 저는 백작부인과 절친한 사람은 아니지 않습니까? 그러나 전하를 진정으로 사랑하려는 어떤 귀부인에게 제가 절친한 사람이 되어야 한다면……, 그럴 경우….

영　주　아무것도 약속하지 마시오, 마리넬리!

마리넬리　예? 정말입니까, 전하? 이런 일이 있을 수 있습니까? 오! 백작부인 말이 그렇게 틀리지 않았군요.

영　주　아니, 대단히 틀렸소! 곧 있을 마싸의 공주와의 약혼 때문에 당분간 백작부인과의 관계는 완전히 끊을까 하오.

마리넬리　만약에 일이 그렇다면, 전하께서 운명에 스스로 적응하시듯이, 오르시나 백작부인도 자신의 운명에 만족할 수 있어야겠지요.

영　주　내 운명이 백작부인의 운명보다 말할 나위 없이 더 처량하오. 내 마음은 가련한 국가 이익의 희생물이 되는 거요. 백작부인은 마음을 다시 바꿔먹으면 되는 것이고, 의지에 반하여 자신의 마음을 선사할 필요는 없소.

마리넬리　마음을 바꾼다구요? 백작부인이 되묻지 않을까요? 전하께서 사랑 때문이 아니라 정치 때문에 결혼하신 신부라면 무엇 때문에 내 마음을 바꿀 필요가 있지요, 라고? 내연의 여인은 그런 신부 곁이라면 자신의 자리를 찾으려 할 겁니다. 그런 신부에게 희생되었다고 두려워하지 않을 것이며, 오히려……

영　주　　다른 사랑하는 여인 때문이라면? 그럴 때는 어떻겠소? 그 때문에 그대는 내게 죄를 범하겠소, 마리넬리?

마리넬리　　제가요? 오! 전하, 제 자신과 제가 말을 대신 해주고 있는 바보 같은 여인을 혼동치 마십시오. 동정심 때문에 말을 전할 뿐입니다. 특히 어제 그 분은 제 마음을 뭉클하게 했습니다. 그 분은 자신 일에 관해 전하와 이야기할 의도가 아니었습니다. 대단히 침착하고 냉정하게 행동하려 했습니다. 그러나 그분의 무심한 듯한 말 가운데 상처 입은 마음이 은연중에 흘러 나왔습니다. 그 분은 아주 쾌활하게 우울한 얘기를 했고, 거기에 가장 참담한 표정으로 가장 우스운 행위를 해보이시더군요. 그분은 책 안에서 피신처를 찾고 있었습니다. 책이 과연 그분에게 안식을 줄 수 있을지 모르겠습니다만.

영　주　　그것은 백작부인 자신의 빈약한 오성에 최초의 충격을 주는 격이겠지. 마리넬리, 그대는 날 다시 백작부인에게 끌어가기 위해서, 내가 그녀를 싫어하게 된 원인 중의 하나를 다시 들먹일 필요는 없소. ― 그녀가 사랑 때문에 바보가 되었다면, 그녀는 사랑이 없더라도 조만간에 바보가 될 것이었소. 다른 얘기를 합시다! 시내에서는 별일 없소?

마리넬리 아무 일도 없는 거나 마찬가지입니다. 아피아니 백작의 결혼식이 오늘 있긴 하지만, 그것은 하찮은 일이니까요.

영 주 아피아니 백작이? 결혼상대가 누구요? 난 그가 약혼했다는 소식도 듣지 못했소.

마리넬리 이번 일은 대단히 은밀하게 이뤄졌습니다. 또 크게 떠들 일도 아니었지요. 전하께서는 아마 웃으실 겁니다. 하지만 감상적인 위인들에게는 그런 일이 일어나지요! 그런 위인들에게는 사랑이 가장 좋지 않은 술책을 피우는 법이니까요. 재산도 지위도 없는 한 처녀가 아피아니 백작을 올가미에 묶어 버렸답니다. 약간의 가문과 그러나 찬란한 덕성, 감성, 그리고 이지로 말입니다. 그리고 제가 뭘 알겠습니까?

영 주 순결과 아름다움의 인상을 느껴서 여타 사항을 고려하지 않고 그 느낌에 자기 자신을 떠맡길 수 있는 사람이라면, 내 생각으로는 그 사람을 비웃기보다는 오히려 부러워해야 할 것 같소. 그 행운의 여인이 누구요? 왜냐하면 그 누구도 아닌 아피아니 백작이니 말이오. 난 아피아니가 당신을 싫어하는 것처럼, 당신도 그를 참아내지 못함을 잘 알고 있소만. 그렇다고 하더라도 백작은 대단히 품위 있는 젊은이오. 미남에다, 부자이고 명예심이 충만한 남자이오. 난 그를 내 편에 끌어들이기를 진심으로 원했었지. 아직도 그럴 생각을 하고는 있지만.

마리넬리 그러기에 시간이 너무 늦지 않았기를 바랍니다. 제가 들은 바로는, 백작은 궁정에서 출세할 생각이 없다더군요. 그는 연인을 피에몽에 있는 자신의 계곡으로 데려갈 예정이랍니다. 알프스 산에서 양이나 사냥하고 산두더쥐나 길들이기 위해서겠지요. 백작이 그런 일보다 더 잘 할 수 있는 일이 또 있을까요? 그의 불평등 결혼 때문에 이곳에서의 삶은 그에게 끝장이 났습니다. 일류의 사교모임이 이제부터 그에게는 닫혀버린 거지요.

영 주 소위 일류 가문이라는 것들! 그곳에는 의식, 강요, 권태, 그리고 드물지 않게 빈곤이 지배하고 있더군. 어쨌든 아피아니가 이런 거대한 희생을 감수하며 선택한 신부 이름을 말해 보오.

마리넬리 에밀리아 갈로티라는 여자라더군요.

영 주 뭐라고, 마리넬리? 뭐라는 여자?

마리넬리 에밀리아 갈로티입니다.

영 주 에밀리아 갈로티? 결코 그럴 리 없어!

마리넬리 분명합니다, 자비하신 전하.

영 주 아니야. 아니지, 그럴 수는 없어. 그대는 이름을 혼동한 거야. 갈로티 가문은 대단히 크거든. 갈로티 성씨의 여자일 수는 있어. 그렇지만 에밀리아 갈로티는 아니야. 에밀리아는 아니야!

마리넬리 에밀리아입니다. 에밀리아 갈로티!

영 주 그렇다면 그런 이름을 가진 여자가 또 있군. 그런데 그대는 에밀리아 갈로티 '라는' 여자라고 말했던가 누구 누구 '라는' 여자라고. 그 에밀리아 갈로티에 대해서 그런 식으로 말할 수 있다니! 그건 바보나 하는 말투야.

마리넬리 자비하신 전하, 마음이 격앙되셨군요. 에밀리아를 알고 계십니까?

영 주 자네가 아니라 내가 물어야겠어, 마리넬리. 에밀리아 갈로티라고? 사비오네타에 사는 갈로티 대령의 딸 말인가?

마리넬리 그렇습니다.

영 주 여기 구아스탈라에서 어머니와 함께 살고 있는 그녀 말인가?

마리넬리 그렇습니다.

영 주   만인 성도 교회에서 그리 멀지 않은 곳에 사
   는?
마리넬리   그렇습니다.
영 주   단 한마디로 말하자면 (초상화 쪽으로 뛰어가서
   그것을 마리넬리의 손에 건네주면서) 자! 이 여자인
   가? 이 에밀리아 갈로티? 다시 한 번만 그 망할
   놈의 "그렇습니다"라고 말해 봐. 그리고 내 가슴
   에 비수를 찔러 봐!
마리넬리   그렇습니다.
영 주   이 살인자, 이 여자라고? 이 에밀리아 갈로티
   가 오늘…….
마리넬리   아피아니 백작부인이지요! (이 때 영주가 마리
   넬리의 손에서 그림을 다시 빼앗아 옆에다 던진다) 결혼
   식은 사비오네타에 있는 그녀 아버지의 영지에서
   조용히 거행됩니다. 정오 무렵에 어머니와 딸, 백
   작과 아마도 친구 몇 명이 그곳으로 떠나게 될 겁
   니다.
영 주   (절망하여 의자에 풀썩 주저앉는다) 난 끝장이야!
   이제 살고 싶지 않아!
마리넬리   자비하신 전하, 무슨 일이십니까.
영 주   (그를 향해 뛰쳐 일어나며) 배신자! 내게 무슨 일
   이냐고? 그래, 난 그녀를 사랑하고 있어. 난 그녀

를 사랑하고 있단 말이야. 너희들 모두 그걸 알아야 해! 너희는 모두 벌써 그것을 알았어야 해. 너희 모두에게 그 망할 오르시나의 욕설의 족쇄가 영원히 채워져 있기를 빌겠어! 다만 마리넬리, 당신은 늘 내 가장 가까운 친구라고 확인시켜 주었었지. 오, 영주란 친구가 아무도 없어! 친구를 한 명도 가질 수가 없어! 내 사랑을 위협할 그 위험의 순간까지 악의적으로 음흉스레이 그걸 숨기고 있었다니. 난 당신 죄를 언젠가 용서한다고 하더라도 그 어느 누구도 나의 실수를 용서해 주지 않을 거야!

마리넬리 전하, 무슨 말씀을 드려야 할지 모르겠군요. 전하께서 말을 허락해 주신다고 하더라도 전하께 저의 놀라움을 어떻게 표시하여야 할지……. 전하께서 에밀리아 갈로티를 사랑하신다고요? 확인하려는 것과 정반대 되는 확인이군요. 만약에 제가 영주님의 사랑에 대해서 조금이라도 알았더라면 조금이라도 추측했었더라면 감쪽같이 처리했을 텐데. 바로 그것을 저는 오르시나 백작부인 입장에서 확인하려 했으니……. 백작부인의 의심은 전혀 엉뚱한 방향으로 흘러갔군요.

영 주 나를 용서해 주오, 마리넬리. (마리넬리의 품안에 몸을 던지면서) 날 슬퍼해 주오.

마리넬리 글쎄요, 전하! 전하의 소극적인 태도의 결과를 살펴보십시오! "영주는 한 명의 친구도 없다. 친구를 한 명도 가질 수 없다"라니요! 만약 그렇다면 그 원인은! 영주님들이 친구를 가지려 하지 않았기 때문이지요. 오늘은 영주님들이 우리를 가장 친한 친구라고 칭송하며, 당신들의 비밀스러운 소망들을 털어놓고, 전 영혼을 활짝 펼치시지요. 그러나 내일이 되면 영주님들께서는 우리를 나 몰라라 하십니다. 마치 영주님들이 우리와 단 한 마디의 말씀도 나눴던 적이 없는 것처럼.

영 주 아, 마리넬리. 내 자신에게조차 고백하려 들지 않았던 일을 어떻게 그대에게 털어놓을 수 있었겠소.

마리넬리 그렇다면 전하, 고통의 원천인 그 여인에게도 고백하지 않으셨습니까?

영 주 그녀에게? 두 번째 만났을 때 말을 건네려 하였지만, 그런 내 노력은 모두 허사가 되어버렸소.

마리넬리 그럼 맨 처음에는요?

영 주 그녀에게 말을 했지. 오, 내가 제정신이 아니군! 내가 그대에게 더 설명해야 하겠소? 그대는 나를 바다 위의 정처 없는 배처럼 바라보는구려.

어떻게 내가 그렇게 되어 버렸는지 알려고 그토록 많이 물어 보는 거요? 할 수 있다면, 나를 구해 주오. 그 후에 내게 물어보오.

마리넬리 구해 달라구요? 지금 그렇게 많이 구할 수가 있을까요? 자비하신 전하, 에밀리아 갈로티에게 하지 못하셨던 고백을 이제 아피아니 백작부인에게 하시는 겁니다. 그러나 처음에 사지 못한 물건도 중고품으로 살 수 있는 법이고, 또 그런 만큼 중고품 값이 헐한 경우도 드물지 않지요.

영 주 진정인가, 마리넬리. 진정인가, 아니면…….

마리넬리 그러나 그만큼 상품은 더 나쁘지요.

영 주 뻔뻔스럽군!

마리넬리 게다가 아피아니 백작은 그걸 가지고 이곳을 떠나려 합니다. 그렇다면 이제 달리 생각을 해 봐야 합니다.

영 주 무엇을 생각한다지? 나의 가장 사랑하는 최고의 친구 마리넬리여, 나를 위해 생각을 해 주시오. 만약 그대가 내 처지에 있다면 어떻게 하겠소?

마리넬리 전하, 무엇보다도 작은 일을 작은 일로 보시는 겁니다. 그리고 자신에게 말씀하시는 겁니다. 내 현재의 지위가 헛된 것이 되게 하지 않겠다고요.

영 주 그대는 지금 전혀 쓸모 없는 나의 권력에 대해 아부하지 마오. 오늘이라고 했던가, 그대가? '이미' 오늘이라고?

마리넬리 이제 오늘에야 '비로소' 이뤄지는 겁니다. 그리고 일단 이뤄져 버리면 그때는 어쩔 수 없습니다. (잠깐 방안을 강구한 다음) 제게 전권을 주시겠습니까, 전하? 전하께서 제가 행한 바를 모두 허용해 주시겠습니까?

영 주 무엇이든지, 마리넬리. 이번 결혼을 막을 수 있는 일이면 무엇이든지.

마리넬리 그렇다면 시간을 허비해서는 안 됩니다. 그리고 전하께서는 시내에 있으시면 안 됩니다. 지금 즉시 도살로의 별궁으로 가십시오. 사비오네타로 가는 길은 그 별궁 곁을 지나게 되어 있습니다. 만약 제가 아피아니 백작을 잠시 떼어놓는 데 실패한다면, 제가 생각하기로는…… 아니지, 아니지. 이 경우 그는 이 길을 지나게 될 거야. 전하, 전하께서는 혼사를 위해 마싸에 사신을 보내실 작정이시겠지요? 아피아니 백작을 사신으로 보내십시오. 오늘 당장 떠나야 한다는 조건으로 말입니다. 아시겠습니까?

영 주 기막힌 방법이군! 아피아니 백작을 당장 데려오시오! 빨리 가오, 빨리! 난 당장 마차에 오르겠소.(마리넬리 퇴장)

제 1 장

영주, 시종.

영 주 즉시 가야지! 즉시! 어디 있지? (초상화를 찾기 위해 들러본다) 방바닥에? 이거 너무 심했군! (초상화를 다시 들어올린다) 한 번 들여다볼까? 이제 당분간은 너를 들여다보고 싶지 않아. 왜 나는 상처에다 사랑의 화살을 더 깊이 박으려는 건가? (그림을 옆에 놓는다) 난 충분히 오랫동안 몸이 여위었고, 한숨도 충분히 내쉬었어. 필요 이상 오랫동안 말이야! 그러나 아무것도 한 게 없어. 아끼는 마음으로 머리카락 하나 건드리지 않았기 때문에, 모든 것을 잃어 버렸군! 마리넬리가 해내지 못한다면 어떡하지? 왜 마리넬리에게만 의지하려는 걸까? 생각나는 게 있군. 이 시간에 (시계를 쳐다보면서) 바로 이 시간에는 그녀가 도미니크 교단의 아침 미사에 참석을 하곤 했지. 한 번 그녀에게 말을 건네 보면 어떨까? 그러나 오늘은 결혼식이 있는 날. 오늘은 그녀 마음속에 다른 것이 자리잡고 있을 거야. 하지만 누가 알아? 이것도 하나의 방법이지.(그는 초인종을 울린다. 책상 위에 놓인 서류 중 몇 장을 급히 움켜쥐고 추스르고 있는데, 관방시종 들어온다) 마차를 대기시켜라! 밖에 누구 있나?

시 종 카밀로 로타가 있습니다.

영 주 들어오라고 해. (관방시종이 나간다) 마리넬리는 내가 그냥 죽치고 있기만을 바라지 않을 거야, 이번에는 아니야! 다음 번에 그만큼 더 오래도록 그의 근심거리가 되어 주기로 하지. 아까 에밀리아 부르네스키의 청원서가 있었지. (청원서를 찾으며) 여기에 있군. 선량한 부르네스키여, 너의 후원자는 어디에 있는가?

제 8 장

손에 서류를 들고 있는 카밀로 로타, 영주.

영 주 들어오게, 로타. 여기 오늘 아침 개봉한 서류가 있소. 위로해 줘야 할 것이 많지 않군! 어떻게 처리할지 그대가 직접 살펴보오. 가져가오. 그런데 여기 에밀리아 갈로……, 아니 에밀리아 부르네스키의 청원서가 있소. 내가 이미 서명을 해 두었소. 하지만 사안이 사소한 것은 아니오. 처리는 잠시 보류해 두도록. 아니면 보류시키지 말던지. 그대 뜻대로 하오.

카밀로 제 뜻대로가 아닙니다, 자비하신 전하.

영 주 그밖에 서명할 게 있소?

카밀로 사형판결문에 서명하셔야 합니다.

영 주 기꺼이. 가져오기만 하게! 빨리.

카밀로 (아연하여 영주를 응시하며) 사형판결문이라고 말씀드렸습니다.

영 주 그래 당장 서명하겠네. 난 지금 바쁘네.

카밀로 (그의 서류를 찾으면서) 아! 제가 그 서류를 가져

오지 않았습니다. 용서해 주십시오, 전하. 그 서류는 내일까지 미루실 수 있습니다.

영 주 좋소! 정리해 두오. 난 가겠소. 로타, 내일 봅시다, 자! (나간다.)

카밀로 (머리를 절레절레 흔들며, 서류를 챙기러 나간다) '기꺼이'라고? 사형판결문을 기꺼이? 이 순간에 전하께서 이 서류에 서명하시게 하고 싶지는 않아. 내 외아들을 살해한 자에 대한 판결문도 아닌 바에야. 기꺼이! 기꺼이! 이 잔인한 '기꺼이'라는 말이 내 마음을 꿰뚫고 지나가는군.

제 2 막

장 소 : 갈로티 집안의 홀

제 1 장

클라우디아 갈로티, 피로.

클라우디아　(다른 편에서부터 들어오는 피로에 다가서며) 집안으로 들어온 사람이 누구냐?

피 로　주인어른이십니다, 마님.

클라우디아　바깥어른? 정말이냐?

피 로　제 뒤에 오십니다.

클라우디아　이렇게 갑자기? (그를 향해 뛰어가며) 아, 당신이시군요!

제 2 장

오도아르도와 클라우디아, 피로.

오도아르도 여보, 좋은 아침이구려! 놀라지 않았소?
클라우디아 놀랄 일이지만…… 기분좋게 놀랄 일이에요.
오도아르도 아무 일 아니오! 안심하시오. 오늘 맞는 경사 때문에 잠에서 일찍 깨었소. 아침도 아름다웠고, 길도 가깝게 느껴지고. 여기서는 당신이랑 모두 바쁘리라 생각했소. 쉽게 잊는 것이 많겠다는 생각이 들었소. 한마디로 말하면, 한번 와서 살펴보고 즉시 돌아갈 작정이었소. 에밀리아는? 물론 단장하느라 바쁘겠구려?
클라우디아 마음의 단장이지요! 미사에 갔어요. "오늘은 어느 때보다 더 간절히 하느님의 은혜를 구해야만 해요"라고 말하더니 만사를 제쳐놓고 미사포를 쓰고 서둘러 나갔지요.
오도아르도 혼자서 말이오?
클라우디아 몇 걸음 안 되는 곳인데요. 뭘…….

오도아르도   실족을 하는 데는 한 걸음이면 족하오!
클라우디아   여보, 화내지 마시고, 들어오세요. 잠깐만 쉬세요. 시원한 걸 드릴까요?
오도아르도   그렇게 합시다, 클라우디아. 홀로 가지 않게 했어야 하는 건데.

제 3 장

피로와 곧 이어서 안젤로 등장.

피 로　그저 호기심에서 찾아오는 사람들이 많구먼. 한 시간 전부터 별 질문을 다 받았으니, 원! 저기 오는 건 누구지?

안젤로　(반쯤 무대 뒤편에 몸을 감춘 채, 짧은 망토를 얼굴까지 뒤집어썼다. 이마에 모자를 얹은 채) 피로! — 피로!

피 로　아는 사람인가? (안젤로가 몸을 완전히 내밀며 망토를 열어젖힌다) 맙소사! 안젤로? 너야?

안젤로　보다시피 오래 전부터 너와 얘기를 나누려고 이 집을 맴돌았지. 한 마디만 하자!

피 로　감히 밝은 대낮에 나타나? 지난번 살인사건 뒤에 넌 법의 보호를 받지 못한 자로 선포되었어. 네 머리엔 현상금이 걸려 있고…….

안젤로　그 현상금을 벌 생각은 없겠지?

피 로　뭘 원하는 거야? 제발 내 신세 망치게 하지 말아!

안젤로 이런 걸로 말이냐? (그에게 돈주머니를 보이면서) 가져! 이건 네 몫이야!

피 로 내 몫?

안젤로 잊었느냐? 네 옛주인! 독일인 말이야…….

피 로 조용히 해!

안젤로 피사로 가는 길목에서 네가 우리 덫으로 안내했었지.

피 로 누가 들어!

안젤로 그 양반은 우리에게 값비싼 반지를 남겨줄 만큼 선량한 분이셨지. 알잖냐? 반지가 너무 비싼 것이어서, 의심살까 봐 즉시 처분할 수 없었던 것. 결국 성공은 했지만, 그걸로 금화 100피스톨을 받았어. 이건 네 몫이야. 받아!

피 로 아무것도 싫어. 모두 가져.

안젤로 : 네 머리값이 얼만지, 관심이 없다면. (마치 그가 돈주머니를 다시 챙겨넣을 것처럼)

피 로 아니 줘! (주머니를 받는다) 근데 무슨 일이냐? 이 때문에 찾아온 건 아닐 거고.

안젤로 그렇게도 못 믿냐? 이 악당놈아! 우리를 뭘로 보는 거냐. 우릴 동료의 공을 가로채는 놈쯤으로 생각하냐? 그런 건 폼잡는 치들 사이에서 유행하는 일이지, 우리들은 안 그래. 잘 있어! (돌아가는

척하다가 다시 몸을 돌리며) 한 가지만 묻자. 방금 갈로티 노인장이 혼자 시내로 들어왔지. 뭣 땜에 그런 거야?
피 로 아무것도 아니야. 산책삼아 오신 거지. 따님이 오늘 저녁에 그분 영지에서 아피아니 백작과 결혼식을 올려. 그 시간을 기다릴 수 없었던 거야.
안젤로 그럼 곧 말을 타고 나갈까?
피 로 그가 오랫동안 비워 두었던 이곳에 갑자기 나타났듯이, 그렇게 금방 떠나실 거야. 그에 대해서 음모를 꾸미고 있는 것은 아니겠지? 주의해. 그분은 대장부야……
안젤로 그 양반을 내가 모르냐? 내가 그 양반 밑에서 근무했잖아? 그에게 많은 것을 가져갈 수만 있다면 좋겠다! 젊은 사람들이 언제 출발하지?
피 로 정오 경에.
안젤로 함께 가는 사람들이 여럿이냐?
피 로 마차 한 대로 마님, 따님 그리고 백작님이야. 친구 몇 분이 사비오네타에 증인으로 참석해.
안젤로 그리고 하인은?
피 로 나 말고 두 사람. 난 말을 타고 앞서 가게 되어 있어.
안젤로 좋아. 한 가지만 더 누구의 사륜마차지? 너희집 거야, 아니면 백작 거야?

피 로 백작님 거야.

안젤로 좋지 않군! 그렇다면 능숙한 마부 말고 또 한 명의 선기수(先騎手)가 있다는 얘긴데. 하지만!

피 로 놀랍군, 대체 뭘 하려는 거냐? 신부 보석을 훔치려면 애먹을 걸…….

안젤로 그렇게 되면 신부가 위험할 걸!

피 로 이 일에도 내가 공범자가 되어야 하는 거냐?

안젤로 넌 앞으로 말을 달려가, 달리라고! 그리고 어떤 일이 있더라도 되돌아오지 마!

피 로 결코 그러지 않겠어.

안젤로 뭐라고? 난 네가 양심적인 척이라도 할 줄 알았는데. 야 인마! 너 나라는 놈을 잘 알지. 만약 지껄이기만 하면! 네놈 말이 한 가지라도 틀리면 알아서 해!

피 로 그러나, 안젤로. 제발!

안젤로 네 할 일이나 해! (나간다)

피 로 아이구! 이놈아, 악마가 네 대갈통을 움켜쥐고, 영원히 가버렸으면 좋겠다! 내 팔자야!

제 4 장

오도아르도와 클라우디아, 피로.

오도아르도 애가 너무 오래 걸리는구려.
클라우디아 잠시만이오, 오도아르도! 당신을 못 보면 그 애 마음이 아플거예요.
오도아르도 난 백작댁에도 들러 봐야 하오. 이 훌륭한 젊은이를 아들로 부를 수 있으리라고는 상상도 못했소. 모든 점이 나를 황홀하게 해. 특히 부친의 계곡에서 살겠다는 그의 결심이.
클라우디아 전 그걸 생각하면 가슴이 터지는 듯해요. 그래 이제 우리는 그 애를 잃게 되는 건가요. 하나밖에 없는 귀여운 딸을?
오도아르도 잃다니, 무슨 말이요? 그 애를 사랑하는 품에 안을 수 있소? 그 애로 인해 얻는 당신의 즐거움을 그 애의 행복과 혼동하지 마오. 당신은 내 해묵은 역정거리를 또 다시 들추고 싶은 모양이구려. 당신이 그 애와 시내에 사는 건 품위 있는 교육을 시킬 필요성 때문이 아니라 이 세상의 풍진과 오락거리 때문이며 궁정에서 가까이 있다는 점 때문이었소. 아내와 딸을 지극히 사랑하는 남편과 아버지로부터 멀리 멀리 떨어져서.

클라우디아 오도아르도, 어찌 그런 부당한 말씀을! 그렇지만 당신의 엄격한 도덕이 그토록 증오하는 이 시와 궁정 근처에 관해서 오늘만은 좋게 말해주세요. 다른 곳이 아닌 이곳에서 서로를 위해 창조되었던 것이 사랑을 통해 합일을 이루었어요. 바로 이곳에서 백작이 에밀리아를 찾아냈던 거예요. 그 애도 마찬가지구요.

오도아르도 그건 나도 인정하오. 그러나 클라우디아, 끝이 좋다고 해서 당신이 옳았단 말이요? … 그래, 도시 교육이 이런 식으로 마무리된 건 다행이오! 오직 기뻐만 해야 할 순간에, 서로 옳다고 다투지 맙시다. 이렇게 마무리된 건 다행이오! … 자, 이제 서로 짝으로 창조된 사람들이 서로를 찾아낸 거요. 이제 두 젊은이를 순결과 고요가 부르는 그곳으로 데리고 갑시다. 백작이 여기 있어야 할 까닭이 뭐가 있소? 굽실거리고 아부하며 기어다니고, 그리고 마리넬리를 넘어뜨리기 위해서? 그리고 결국 백작이겐 하찮은 명예를 얻기 위해서? 피로!

피 로   여기 대령했습니다.

오도아르도   가서 내 말을 백작댁 앞으로 끌고 가라. 나중에 거기서 말을 타겠다. (피로가 나간다) 저기 저곳에서는 백작 자신이 명령을 하는데, 무엇 때문에 여기에서 봉사를 하겠소? 클라우디아, 우리 딸애 때문에 백작과 영주의 관계가 완전히 단절된다는 걸 생각 못 했소? 영주는 나를 미워하고 있소.

클라우디아   당신이 걱정하는 것보다는 덜 할지도 몰라요.

오도아르도   걱정! 내가 걱정을 한다고?

클라우디아   제가 당신에게 영주께서 우리 애를 만난 얘기를 했나요?

오도아르도   영주가? 어디에서?

클라우디아   지난 밤 연회에서요. 그리말디 경(卿) 댁에서였지요. 영주께서는 참석해서 자리를 빛내 주었지요. 그는 에밀리아를 지극히 자상하게 대해 주었어요.

오도아르도   지극히 자상하게?

클라우디아   에밀리아와 환담을 했지요.

오도아르도   환담을?

클라우디아   명랑함과 재치에 매료된 듯 싶었어요.

오도아르도　　매료돼?

클라우디아　　아름답다고 많은 찬사를 해줬어요.

오도아르도　　찬사를? 클라우디아, 당신은 지금 내게 황홀한 음성으로 그 얘기를 한단 말이요? 오, 클라우디아! 서두르시오, 바보 같은 어미여!

클라우디아　　왜요?

오도아르도　　그래, 좋소. 좋아! 그거 역시 이제 끝났소. 하! 내 상상만 해도. 바로 그것이 내가 치명상을 입을 수 있는 약한 곳이지! 경탄하면서 욕심내는 호색가. 클라우디아! 클라우디아! 생각만 해도 분노가 치솟는군. 당신은 내게 그 얘기를 즉시 해주어야만 했어. 하지만 내 오늘은 당신에게 언짢은 말은 하지 않겠소. 그러나 내가 더 있게 되면, (그녀의 손을 움켜쥐면서) 난 아마도……. 그러니까 난 가겠소! 하나님의 명령이오, 클라우디아! 나중에 행복한 기분으로 뒤 따라오시오!

제 5 장

클라우디아 갈로티.

클라우디아 저이는 정말! 오, 저 거친 도덕심! 말하자면 정말 그래. 그의 도덕심에 비춰 본다면 모든 게 의심스럽고, 징벌 대상이겠지! 그게 인간을 바로 아는 것이라면 그 누가 인간을 바로 알고 싶어 할까? 그런데 얘는 어디에 있지? 영주는 얘 아버지의 적이고, 따라서 그가 이 아이에게 눈독을 들이고 있다면, 그건 오직 얘아버지를 욕보이기 위한 걸까?

제 6 장

에밀리아와 클라우디아 갈로티.

에밀리아 (공포심에 싸여 황망한 모습으로 안으로 뛰어들면서) 이젠 됐어! 이젠 됐어! 이제 안전해. 그가 쫓아왔을까? (미사포를 뒤로 젖히며 어머니를 쳐다본다) 그가 따라 왔어요, 어머니? 그가 왔어요? 아니군요. 휴, 천만 다행이야!

클라우디아 에밀리아, 무슨 일이냐, 무슨 일?

에밀리아 아무것도, 아무것도 아니에요.

클라우디아 그런데 왜 그렇게 두리번거리느냐? 팔 다리를 떨고 있지 않니?

에밀리아 쟤네 무슨 말을 들었던 게 분명한 가요? 그런데 어디, 어디에서 들었지요?

클라우디아 네가 교회에 간 줄 알았는데···.

에밀리아 바로 그곳이에요! 그런 더러운 자는 교회와 교단을 어떻게 여기는 거지요? 아, 어머니! (어머니 품에 안긴다)

클라우디아 애야, 말해 보렴! 이제 무서워하지 말고.

도대체 교회에서 무슨 일이 있었느냐?

에밀리아   오늘은 어느 때보다 내밀하고 간절하게 기도했어요. 제 기도에 결코 부족함이 없었어요.

클라우디아   얘야, 우리는 사람이란다. 기도가 항상 우리 마음대로 되는 건 아니란다. 하나님께 기도하려는 마음도 역시 기도 행위란다.

에밀리아   파계하려는 마음도 역시 파계겠지요!

클라우디아   내 딸은 파계하려 하지 않았을 게다!

에밀리아   그럼요, 어머니. 은총으로 저는 그런 깊은 수렁에 빠지지 않아요. 그러나 타인의 추잡함 때문에 의지에 반하여 제가 범죄할 수도 있어요!

클라우디아   정신 차려라! 어서 네 정신을 가다듬어라. 무슨 일이 있었는지 한 번 말해 보렴.

에밀리아   조금 전 제단에서 전보다 약간 더 멀리 떨어져서 제가 늦게 간 탓이었지요 무릎을 꿇고 앉았어요. 마음을 가다듬기 시작했을 때, 뒤에 누군가가 앉았어요. 제 바로 뒤 아주 가까이에⋯⋯. 저는 앞뒤로 움직일 수 없었어요. 제가 아무리 그러고 싶었지만요. 다른 사람의 기도가 저의 기도를 방해할까 두려웠기 때문이지요. 기도! 그것은 제가 행한 기도 중 가장 좋지 않은 기도였어요. 오래지 않아 제귀 아주 가까이에 들렸어요. 깊은 한숨소리 후에 성자님들의 이름이 아닌 이름을…… 제 이름을! 오, 천둥소리가 울려, 제가 더 이상 듣지 않았더라면 좋았을걸! 그는 아름다움과 사랑을 말했어요. 애원하더군요. 저의 행복을 낳는 오늘이 그 행복이 이뤄질 경우 자신의 불행을 영원히 결정짓는 날이 된다고 말이에요. 결혼하지 말라고 하소연하는 것이었어요. 전 이런 말들을 듣지 않을 수 없었어요. 뒤돌아 쳐다보지 않았어요. 못 듣는 것처럼 꾸몄어요. 그밖에 뭘 할 수 있었냐구요? 저의 선하신 천사님께 기도했지요. 귀를 막아 달라고. 비록, 귀먹음이 영원히 계속된다고 하더라도요! 그렇게 간구했지요. 그 간구가 제가 할 수 있는 유일한 것이었어요. 마침내 제가 일어날 시간이 되었어요. 예배가 끝난 거지요. 돌아서기가 두려웠어요. 저는 감히 저에게 파렴치한 행동을 한 자를 쳐다 보기가 두려웠어요. 그러나 몸을 돌렸을 때, 보고 말았어요.

클라우디아 애야, 누구였니?

에밀리아 누구였냐구요, 어머니. 누구요? 저는 땅 속에 가라앉는 줄 알았어요. 바로 그였어요.

클라우디아 그라니, 누구?

에밀리아 전하!

클라우디아　영주를! 오, 참을성 없는 네 아버지에게 축복을! 아버님은 여기에 오셨다가 너를 기다리려 하시지 않았지!

에밀리아　아버님께서 여기에? 그런데 절 기다리시지 않았어요?

클라우디아　네가 당황해서 하는 말을 그 양반이 들었더라면, 큰 일이 났겠지!

에밀리아　어머니, 왜지요? 제 행동이 아버님께서 꾸짖으실 일인가요?

클라우디아　아니다. 날 꾸짖을 일이 아닌 것처럼. 그렇지만 그렇지만, 하, 넌 네 아버지를 모른다. 그 양반은 자기 분노 때문에 죄 없는 피해자를 범죄자와 혼동하고 말 거야. 화가 솟구쳐, 내가 막을 수도, 예상치도 못한 이 일이 나 때문이라고 생각할 거야. 하지만 얘야, 얘기를 계속해 봐라, 어서! 네가 영주를 알아보았을 때 그 자에게 합당한 경멸의 눈초리로 쏘아보았었으면 좋았겠다만…….

에밀리아　전 그게 아니었어요, 어머니! 제가 알아본 순간, 감히 두 번 다시 그를 쳐다볼 엄두가 나지 않았어요. 저는 도망쳤어요.

클라우디아　그리고 영주가 너를 뒤쫓아…….

에밀리아　그건 몰랐어요. 홀에서 제 손이 잡힌 것을 느낄 때까지는요. 그가 손을 잡았어요! 창피해서 멈춰 설 수밖에 없었어요. 풀려나려고 버둥거렸다면 지나가는 사람들이 우리를 유심히 바라보았을 거예요. 오직 그 생각밖에 못했어요. 또 그것밖에 기억할 수 없어요. 그가 말을 했고 저는 대답을 했어요. 그가 한 말이나 또 제가 한 말, 그게 생각나면 좋겠어요. 그럼 말씀드릴게요. 하지만 지금 아무것도 생각이 안나요. 제 정신이 아니었어요. 어떻게 제가 그에게서 벗어나 홀을 나왔는지 생각하려 해도 허사예요. 다만 제가 길로 나왔고 그가 뒤에서 불렀다는 것만은 생각나요. 그리고 그가 저랑 집에 들어와 함께 계단을 올라오는 소리를 들었어요.

클라우디아 무서우면 특이한 환각이 생긴단다, 얘야! 난 네가 뛰어 들어오던 모습을 결코 잊지 못하겠구나. 그렇지 않았을 거야, 그렇게 멀리까지 너를 쫓아오지 못했을 거다. 오, 하나님! 하나님! 만약 네 아버지가 아셨더라면! 그 양반이, 영주가 너를 호감어린 눈으로 쳐다보았다는 말만듣고도 얼마나 화를 내셨던지! 어쨌든, 안심해라, 얘야! 이제 꿈이었다고 생각해라. 넌 이제 오늘로써 모든 추적에서부터 완전히 벗어나게 된다.

에밀리아   그런데 어머니, 백작님께 이 일을 알려야 하지 않을까요? 제가 말하겠어요.

클라우디아   절대 그래서는 안 된다! 뭣 때문에? 왜? 하찮은 일로 그를 불안하게 할 작정이냐? 지금 그가 전혀 불안한 상태가 아닌 바에야. 얘야, 알아두어라. 지금 당장 작용하지 않은 독약이라고 해서, 독약의 해가 덜한 것은 아니다. 애인한테는 전혀 인상적이지 않은 일이 남편에게는 깊은 인상을 줄 수 있단다. 애인에게는 기분 좋을 수 있는 일이 청혼자의 우월권을 빼앗아버릴 수 있단다. 그리고 일단 그렇게 되면, 아 얘야, 애인이 전혀 딴 사람이 된단다. 너의 선한 보호신이 너를 이런 일을 당하지 않도록 해주시길 빌 뿐이다.

에밀리아   어머니, 제가 무슨 일에서나 어머니의 현명한 통찰을 순종해온 걸 아시죠? 그러나 전하가 제게 말을 건넸다는 사실을 그이가 다른 사람을 통해 듣게 되면 어떡하지요. 제가 지금 입 다물어서 나중에 그의 불안을 오히려 크게 하지나 않을까요? 저로서는 그 이에게 무엇인가를 마음에 감춰 두고 싶지 않아요.

클라우디아   연약함이야! 사랑스러운 연약함! 안 된다, 절대로 안 된다. 얘야, 백작에게 아무 얘기도 말아라! 그가 모르도록 해라!

에밀리아   글쎄요, 어머니! 어머님 뜻을 거스를 생각이 조금도 없어요. 아하! (깊은 숨을 내쉬며) 역시 마음이 가벼워지는군요. 난 왜 이리 아둔하고 겁쟁이인지! 그렇지요, 어머니? 제가 그때 달리 행동할 수도 있었고 또 실수를 덜 할 수도 있었을 텐데요.

클라우디아   애야, 난 네가 건강한 오성에 의해 스스로 깨달을 때까지 말하지 않으려 했다. 네가 제 정신이 들면, 오성이 네게 말해 주리라 믿고 있었지. 영주는 바람둥이야. 넌 아직 남자들이 늘어놓는 유혹적이고 내용이 없는 달콤한 말에 익숙하지 않겠지. 그런 말 속의 정중함은 감상이 되고 알랑거림은 맹세가 되며, 착상이 소원이, 그리고 소원은 속셈이 되는 거란다. 그런 말 울림은 전혀 쓸모 없는 울림이며, 정말 부질없는 말일뿐이지.

에밀리아   아, 어머니! 이제 저의 두려움이 전혀 우스꽝스러운 것이었다는 생각이 드는군요! 그 선하신 아피아니 백작님께는 알리지 않겠어요! 그이는 저를 정숙하기보다는 허영기가 있다고 쉽게 생각할 수도 있을 거예요. 어머, 그이가 오는가 봐요. 저건 그의 발걸음 소리예요.

제 7 장

아피아니 백작과 클라우디아, 에밀리아.

아피아니 (깊은 생각에 잠겨 시선을 내린 채 걸어들어 온다. 에밀리아가 앞으로 다가갈 때까지 에밀리아를 감지하지 못한다) 아하, 에밀리아! 여기 나와 있으리라 예상치 못 했소.

에밀리아 예상치 못 하시더라도 좀 명랑하셨으면 좋겠어요, 백작님! 이렇게 우울하고 근엄하시기예요? 오늘 같은 날은 기뻐서 마음이 부풀 만하지 않아요?

아피아니 오늘은 내 전 생애보다 더 값진 날이오. 수많은 내 행복을 품고 있는 날이기도 하고. 당신 말처럼, 이 행복감 때문에 마음이 무거워지고 진지해지는지도 모르겠소, 에밀리아. (그는 에밀리아의 어머니를 발견하고) 아니, 인자하신 장모님께서도 여기 계셨군요. 이제야 정중히 인사를 올리옵니다.

클라우디아 자랑스러운 백작님! 에밀리아야, 넌 얼마나 기쁘니? 왜 아버님께서는 이 기쁨을 함께 하시려 하지 않았지?

아피아니 저는 지금 그분에게서 오는 길입니다. 아니 그 어른께서 제게 있다가 가셨다고 해야 할지 ……. 에밀리아, 장인 어른께서 어찌나 훌륭하신 분인지! 모든 남성적 덕목의 화신! 그분 곁에만 있으면 내 영혼은 지극히 고상한 사고의 경지에까지 솟아오른다오. 그분께서 나를 바라보고 계실 때면, 내 결심은 그 어느 때보다도 선하고 고상할 수 있고, 생명력이 넘칠 수 있다오. 내가 그분을 생각하고 있노라면, 이런 결심의 실현 말고 그 어떤 것으로 내가 그분의 아들, 당신의 남편이 되는 영광에 값할 수 있겠소, 에밀리아?

에밀리아 그런데 아버님은 저를 기다리시려 하지 않으셨어요.

아피아니 당신의 딸 에밀리아가 당신에겐 너무 벅차고 또 당신 마음을 너무도 강하게 붙잡고 있어서 잠시 찾아보는 것으로는 충분치 않다고 생각하셨기 때문이었을 것이오.

클라우디아 아버님은 네가 신부화장을 하고 있을 것으로 생각하고 들르셨던 거야.

아피아니 저는 그분으로부터 말씀을 듣고 다시 한번 사랑과 경이로움을 느꼈습니다. 잘했소, 에밀리아! 이제 난 진정 정숙한 아내를 맞는구려, 자신의 깊은 신앙을 내보이지도 않는 그런 아내를 말이오.

클라우디아 자, 한 가지 일만 하다가 다른 일을 놓치지 않도록 해요! 에밀리아, 이제 시간이 다됐다. 서둘러라!

아피아니 장모님, 무엇을 한다지요?

클라우디아 백작께서는 저 애를 제대로 제단 앞으로 데려가시려는 것은 아니지요?

아피아니 그렇군요, 이제야 깨닫다니. 에밀리아, 당신을 쳐다볼 사람이 누구고 또 누가 당신 치장에 관심을 두겠소! 지금의 모습으로 안될 까닭이 있겠소?

에밀리아 백작님, 이렇게는 안 되지요. 안 되고 말구요. 그러나 지나치게 화려하게 치장하지는 않겠어요. 자, 자, 이젠 다 되었어요. 아무것도 없어요. 백작님이 크게 마음 쓰셔서 선물해 주신 보석은 하나도 없어요. 그런 보석과 어울릴 수 있는 것도 하나도 없어요. 그것들이 당신 선물이 아니었다면, 저는 그걸 보고 분을 냈을 거예요. 그 보석에 대한 꿈을 세 번씩이나 꾸었거든요.

클라우디아   그래? 난 전혀 몰랐구나?

에밀리아   그것을 달고 있었는데, 그 보석들이 모두 진주로 변하는 꿈을 꾸었어요. 그런데 어머니. 진주는 눈물을 의미하잖아요.

클라우디아   애야, 해몽이 꿈보다 더 꿈같구나. 넌 예전부터 어떤 보석보다 진주를 좋아하지 않았니?

에밀리아   그랬지요, 어머니. 그랬어요.

아피아니   (곰곰이 생각하며 우울해진다) 눈물! 눈물을 의미한다….

에밀리아   왜요, 백작님도 그 꿈이 이상스럽게 생각되세요?

아피아니   부끄럽지만, 그렇소. 그러나 상상력이 슬픈 영상을 불러일으킨다면……

에밀리아   왜 그렇지요? 백작님은 제 생각을 어떻게 생각하세요? 백작님이 저를 처음 마음에 들어했을 때, 내가 뭘 듣고 있었지요? 어떻게 보였었지요? 아직도 기억하세요?

아피아니   아직도 기억하고 있느냐구요? 난 그때의 당신 모습 아닌 다른 모습을 단 한 번도 생각해 본 적이 없소.

에밀리아   그러니까 그와 똑같은 옷색깔에 똑같은 모양새, 가벼운 옷.

아피아니 바로 그래요!

에밀리아 그리고, 머리…….

아피아니 그 독특한 갈색의 광채, 자연 그대로의 곱슬머리…….

에밀리아 이 머리카락 속에 장미를 꽂는 것을 잊지 말아야지! 오른쪽! 오른쪽에, 잠깐만 기다려 주세요. 내가 곧 돌아올 테니까요.

제 8 장

아피아니 백작, 클라우디아 갈로티.

아피아니   (우울한 시선으로 에밀리아의 뒷모습을 따라가며) 진주가 눈물을 의미한다! 조금만 참을까? 그래, 우리가 시간을 어떻게 할 수 없는 바에야! 시계의 1분이 우리 마음속에서 몇 년으로 늘어날 수는 없는 바에야!

클라우디아   에밀리아의 관찰이 빠르기도 하고 정확했군요. 오늘 백작의 심기가 다른 때보다 가라앉아 있어요. 백작께서 소원했던 목표가 불과 한 걸음인데, 백작께서는 이게 소원의 목표가 되었던 것을 후회하시나요?

아피아니   아, 장모님. 이 사위를 의심하시겠지요? 하긴, 사실입니다. 저는 오늘 왠지 이상스럽게 기분이 어둡고, 침침하군요. 그러나 장모님, 목표를 한 걸음 앞두었다는 말과 걸음을 다 끝낸 것이 결코 아니라는 말은 근본적으로 같은 말이지요. 이런 진실을 제가 어제, 그제부터 보고 듣고 꿈꾼 모든 것이 분명하게 말해 주고 있습니다. 이 생각은 다른 생각과도 연계되어 있습니다. 어쨌든 이런 생각을 저는 가져야 하고 또 그럴 생각입니다. 그것이 무엇이냐고요? 그것을 제가 이해할 수 없습니다.

클라우디아 사람을 불안하게 하시는구려, 백작!

아피아니 한 가지 생각이 또 다른 생각으로 옮아가는군요! 짜증이 납니다. 친구들과 제 자신에 대해서요.

클라우디아 왜지요?

아피아니 친구들은 결혼식을 올리기 전에 영주께 알리라고, 단단히 부탁을 하고 있습니다. 그들도 제가 꼭 그럴 필요가 없다는 건 인정했습니다. 그러나 그것이 영주에 대한 존경의 표시라는군요. 제가 마음이 약해서 그렇게 하겠노라고 약속하고 말았습니다. 방금 영주께 다녀오려고 했습니다.

클라우디아 영주께?

제 9 장

피로와 뒤이어 마리넬리, 그리고 앞장의 인물들.

피 로 마님, 관방장 마리넬리께서 오셔서 백작님을 뵈려 하고 있습니다.
아피아니 나를?
피 로 이미 여기에 와 계십니다. (마리넬리에게 문을 열어 주고 방에서 나간다)
마리넬리 실례합니다. 부인. 백작님, 백작님 댁에 갔다가, 여기 계신 것을 알았습니다. 백작님께 급히 드릴 말씀이 있어서…… 자비하신 부인님, 재차 용서를 빕니다. 1분이면 됩니다.
클라우디아 지금 물러가지요. (마리넬리에게 인사를 하고 나간다)

제 10 장

마리넬리, 아피아니.

아피아니 자, 이제?
마리넬리 본인은 전하에게서 오는 길입니다.
아피아니 무슨 하명이시오?
마리넬리 저는 이런 뜻깊은 은총의 전달자가 되어 영광입니다. 그리고 아피아니 백작께서 억지로 저를 친한 친구로 인정하지 않으려 하시지만 않는다면……
아피아니 더 이상의 췌언없이 말해주길, 부탁하오.
마리넬리 역시 그렇군요! 전하께서는 마사의 공주님과 정혼하시는 문제 때문에 마사의 영주님께 전권대사를 파견하셔야만 됩니다. 전하께서는 그 전권대사에 누구를 임명할까 오랫동안 결정하지 못하셨습니다. 그러다 마침내 그 임무가 백작께 주어졌습니다, 아피아니 백작.
아피아니 내게?
마리넬리 게다가 만약에 우정을 우쭐거리며 내세워도

될지 모르겠습니다만, 본인의 간언이 없었더라면
주어지지 않았을 겁니다.

아피아니   그렇구려, 감사해야 할 일로 귀하가 나를 당혹스럽게 만드는구려. 난 이미 오래 전부터 전하께서 나를 필요로 하리라 기대하지 않았소.

마리넬리   전하께서 그럴 만한 적당한 기회가 없었기 때문이었겠죠. 백작께서 이 일을 별 가치가 없는 기회라 생각하신다면, 내 우정이 지나치게 성급한 것이었겠습니다.

아피아니   우정, 우정. 한 번만 더 그런 말을 해 보시지! 난 대체 어떤 자와 말하고 있는가? 난 결코 관방장 마리넬리의 우정을 꿈꿔본 적이 없소.

마리넬리   내 잘못을 인정하지요, 백작. 내가 귀하의 허락 없이 귀하의 친구로 자처한 용서할 수 없는 잘못을 말이오. 하지만 그게 무슨 상관이오? 귀하에게 맡겨진 전하의 은총은 그대로 남아 있소. 본인은 귀하가 그 명예를 기꺼이 받아들이리라 확신하오.

아피아니   (잠시 생각한 다음에) 하지만.

마리넬리   자, 가시지요.

아피아니   어디로 말이오?

마리넬리   도살로에 있는 전하께로. 모든 게 준비되어 있고 귀하는 오늘 당장 떠나셔야 하오.

아피아니 뭐라고? 오늘 당장?

마리넬리 나중보다 지금 당장이 더 나을 겁니다. 대단히 급박한 일이니까요.

아피아니 정말이오? 그렇다면 유감스럽지만 전하께서 내리신 명예를 사양하여야겠소.

마리넬리 왜지요?

아피아니 난 오늘 떠날 수 없소. 내일도, 모레도 떠날 수 없소.

마리넬리 농담하시는군요, 백작.

아피아니 당신과?

마리넬리 어이없군요! 그 농담이 전하에게 해당된다면, 훨씬 더 우스꽝스럽소. 귀하가 할 수 없다구요?

아피아니 할 수 없소, 마리넬리. 난 갈 수 없소. 전하께서 나의 사죄를 받아 주시길 바라오.

마리넬리 본인은 이유를 듣고 싶소.

아피아니 아, 사소한 일이오! 난 오늘 내 아내를 맞이하게 되어 있소.

마리넬리 그렇군요? 그런 연후에는?

아피아니 그 연후에? 그 연후에? 귀하의 물음은 지극히 단순하구려.

마리넬리 백작 귀하, 결혼을 연기한 경우가 있었지요. 본인은 신부나 신랑이 그런 일을 선뜻 받아들이기 힘들 것이라 생각합니다. 그들에게 불쾌한 일일 테니까요. 하지만 본인 생각엔, 주군(主君)의 명령이…….

아피아니 주군의 명령? 주군의? 누가 주군을 자처한다면, 그는 우리 주군이 아니오. 당신은 전하께 무조건 복종할 의무가 있음을 인정하오. 하지만 나는 아니오. 나는 그의 궁성에 자원하여 왔을 뿐이오. 난 그에게 봉사하는 명예만을 원했을 뿐, 그의 노예가 되려는 것은 아니오. 난 더 큰 주군의 봉신이오.

마리넬리 크든 작든, 주군은 주군이오.

아피아니 내가 당신 따위와 토론을 하고 있다니! 당신이 들은 얘기만 전하께 전하면 그만이오. 오늘 본인 행복을 마련하는 결혼식을 거행하기 때문에 전하의 은총을 내가 받아들이지 못해서 유감이라고 말이오.

마리넬리 누구와 결혼하시는지, 말해 줄 수 있습니까?

아피아니 에밀리아 갈로티.

마리넬리 이 집안 딸과?

아피아니 그렇소.

마리넬리 흠, 흠!

아피아니 아니, 이런?

마리넬리 그렇다면 의식 따위야 귀하의 귀환까지 연기해도 무방하겠군요.

아피아니 의식 따위? 의식 따위라고?

마리넬리 지체 높은 부모들은 일을 이런 식으로 받아들이지 않을 거요.

아피아니 지체 높은 부모?

마리넬리 에밀리아는 물론 확언컨대 귀하에게 보장이 될 테니까.

아피아니 물론 확언컨대? 네놈이 "물론 확언컨대"라고 말했겠다. 이런, 원숭이 같은 놈!

마리넬리 백작, 내게 그런 욕을?

아피아니 안 될 이유라도?

마리넬리 어이가 없군! 우리 얘기 좀 합시다.

아피아니 흥, 원숭이가 화가 났군, 그러나…….

마리넬리 죽음과 저주를! 백작, 나는 결투를 신청하오.

아피아니 기꺼이.

마리넬리 당장 결판내고 싶지만……. 사랑에 들뜬 신랑의 오늘을 망치진 않겠소.

아피아니   선하신 분이시군! 아니! 아니! 그러실 필요는 없지. (마리넬리의 손을 잡으면서) 난 오늘 마사로 가고 싶지는 않지만, 당신과 산책할 시간은 충분하니까! 자, 이 쪽으로 오시지!

마리넬리   (몸을 빼어 방에서 나간다) 잠시만 참으시지, 백작, 잠시만.

제 11 장

아피아니, 클라우디아.

아피아니 꺼져라, 이 벌레 같은 놈! 하, 잘 해치웠어. 피가 부글부글 끓는군. 느낌이 다르고 좋아졌어.
클라우디아 (근심어린 표정으로 서둘러 들어오며) 오 하나님! 백작, 거친 말들이 오고가는 걸 들었는데……. 백작 얼굴이 벌겋구려. 무슨 일이 있었나요?
아피아니 아무 일도 아닙니다, 장모님. 관방장 마리넬리가 저의 큰 일 하나를 처리해 주었습니다. 그 자 때문에 영주께 갈 필요가 없게 되었습니다.
클라우디아 정말인가요?
아피아니 우리는 이제 그만큼 일찍 길을 떠날 수 있게 되었습니다. 부하들을 독려하러 지금 갔다가 금방 이곳으로 돌아오겠습니다. 그 사이에 에밀리아도 준비가 다 되겠지요.
클라우디아 내가 안심해도 되겠소, 백작님?
아피아니 마음 푹 놓으십시오, 장모님. (그녀가 안으로 들어가고, 아피아니 백작이 나간다)

제 3 막

장소   영주의 별궁에 있는 접견실

제 1 장

영주, 마리넬리.

마리넬리 헛일입니다. 백작은 제시된 명예를 깡그리 무시해 버렸습니다.
영 주 그럼 여기서 멈추는 건가? 그리고 그 일은 이뤄지는 건가? 그래서 이제 에밀리아는 오늘로써 백작의 소유가 되고 마는 건가?
마리넬리 모든 외부 정황으로는 그렇습니다.
영 주 내가 그대 착상에 고지식하게 너무 많은 것을 기대했었군! 그대가 그 자리에서 멍청하게 행동했는지, 또 누가 알겠어? 바보가 좋은 생각을 해낸 경우, 실천은 영리한 남자가 해야 하는 법. 그걸 내가 생각했어야 하는 건데.
마리넬리 이제 기막힌 보상을 받는군요!
영 주 무엇에 대한 보상 말이요?
마리넬리 이 일 때문에 제 생명을 내걸었던 것 말입니다. 저는 백작에게 아무리 간곡하게 말해도 또 그를 아무리 비웃더라도, 그가 명예를 위해 사랑을 뒷전에 밀쳐두지 않으리라는 것을 파악했습니다. 그래서 백작에게 시비를 걸었습니다. 저는 백작이 듣고 자신의 마음을 도저히 다스릴 수 없을 말을 건넸습니다. 그러자 백작이 날 모욕하는 말을 했고, 저는 결투를 신청했지요. 그것도 그 자리에서 즉시 말입니다. 저는 이렇게 생각했습니다. 그가 나를 죽이든, 내가 그를 죽이든 둘 중 하나는 죽는다. 내가 백작을 죽인다면 완전히 판은 우리의 것이다. 만약 백작이 나를 죽인다면 그런 경우에라도 그는 도망을 갈 수밖에 없고, 전하께서는 적어도 시간을 벌 수 있으시겠지, 하고 말입니다.

영 주 그대가 그렇게 했다는 말이오, 마리넬리?

마리넬리 허 참! 대의를 위하여 자신을 바칠 결심을 하더라도, 그런 희생이 어떻게 받아들여질 것인가, 미리 생각해 둬야 하는 건데.

영 주 백작은 어땠지? 그는 똑같은 말을 두 번하게 하지 않는 인물로 정평이 나 있는데?

마리넬리 경우에 따라서는 의심의 여지가 없지요. 누가 그 성격을 모르겠습니까? 그는 오늘 제 목을 꺾는 일보다 더 중요한 일이 있다고 말을 내뱉더군요. 그러면서 결혼 후 일주일이 되는 날을 제게

정해 주었습니다.

영　주　에밀리아 갈로티와의 결혼? 생각만 해도 미치겠군! 그 다음에 그대는 일을 내버려둔 채 그냥 왔구려. 그리고 와서는 나를 위해 목숨을 내놓았다고 생색내고 있는 거요?

마리넬리　영주 전하-, 그럼 전하께서는 더 이상 어떤 행동을 해주었기를 바라십니까?

영　주　더 이상의 행동이라고? 마치 자네가 무엇인가를 했던 것처럼 말하는군!

마리넬리　그럼, 영주 전하께서 직접 하신 일이 무엇인지, 말씀해 주시지요. 전하께서는 다행스럽게도 교회에서 그녀를 다시 만나 말씀을 나눌 수 있으셨습니다. 그녀와 무슨 말씀을 하셨던가요?

영　주　(비웃음을 흘리며) 호기심이 차고 넘치는구려! 내가 만족시키지 않을 수 없을 만큼. 모든 것이 소원대로 되었지. 그대는 더 이상 애쓸 필요가 없소. 나의 충성스런 친구여! 그녀는 나의 요구를 반 이상 받아들였소. 난 그녀를 그 즉시 데려 올 수도 있었을 거요. (차갑게 명령하는 투로) 자 이제 그대가 원하는 것을 들었으니. 이젠 가도 좋소!

마리넬리　이젠 가도 좋다고요! 그래, 그렇군요, 이것이 노래의 끝맺음이군요! 제가 불가능한 시도를

했더라도 마찬가지겠지요. 불가능한 것이라고 말
했던가요? 아마 그렇게 불가능한 일도 아닐 겁니
다. 대담한 시도일 뿐이지요. 만약 신부만 우리
수중에 넣게 되면, 결혼식은 무산되는 거죠. 보장
할 수 있습니다.

영　주　에이, 진정한 남자가 보장할 수 없는 게 뭐가
있겠어! 난 그에게 내 친위대 1개중대를 내줄 수
있어. 그리고 그가 그들과 함께 길가에 잠복해 있
다가 50명이 한꺼번에 그 마차를 습격해서 그녀
를 빼앗아, 의기양양하게 그녀를 데려올 수 있을
거야.

마리넬리　폭력으로 납치된 것이 아닌 것처럼 가장하
고 납치해 와야 합니다.

영　주　그대가 그렇게 할 수 있다면, 여기서 그렇게
오래도록 말로만 하지 마시오.

마리넬리　그 결말에 대해서는 책임질 수 없습니다.
그런 일에 불상사가 일어날 수도 있으니까요.

영　주　난 부하들에게 감당할 수 없는 책임을 지우지
않는 사람이오!

마리넬리　좋습니다, 전하! (멀리서 한 방의 총소리가 들려
온다) 하, 저게 무슨 소리지? 내가 제대로 들은
걸까? 전하, 저 총소리를 들으셨습니까? 또 한

방이 들리는군요!
영　주　무슨 일이오, 무슨 일?
마리넬리　어떻습니까? 만약 제가 전하께서 생각하시는 것보다 훨씬 더 활동적이라면요.
영　주　보다 활동적? 그대가 그렇게 말하지만…….
마리넬리　간단히 말씀드리지요. 제가 말씀 드렸던 것이 일어나고 있는 겁니다.
영　주　그럴 수가 있소?
마리넬리　전하, 전하께서 방금 제게 보장하신 것만 잊지 마십시오. 저는 다시 한번 전하의 말씀을…….
영　주　그러나 준비가 이렇게…….
마리넬리　준비야 언제나 가능하지요! 그걸 믿을 만한 부하들에게 실행하도록 했습니다. 길은 수렵구역의 나무 담장 가까이로 통하게 되어 있습니다. 그 지점에서 한 패거리가 마차를 약탈하기 위해서 습격합니다. 그리고 제 하인이 속해 있는 다른 패거리는 수렵 구역에서부터 몰려나오게 됩니다. 습격당한 사람들을 구원하기 위해서지요. 두 패거리가 짐짓 가장하여 격투를 벌이는 동안, 제 하인이 마치 에밀리아를 구조하는 것처럼 그녀를 잡아채어, 수렵구역을 지나 성으로 데려오게 됩니다. 이것이

계략입니다. 자, 어떻습니까, 전하!

영 주   그대는 특이한 방법으로 날 놀래키는군. 갑자기 두려움이 느껴지기도 하구려. (마리넬리가 창으로 다가간다) 그대는 무엇을 보고 있는 거요.

마리넬리   저 바깥쪽이 틀림없어! 맞아! 복면을 한 자가 이미 나무담장을 돌아서 뛰쳐나왔군. 의심할 것도 없이 내게 성공을 알리기 위해서겠지. 전하, 자리를 비껴 주십시오.

영 주   아, 그래. 마리넬리.

마리넬리   자 어떻습니까? 제가 일을 너무 많이 했군요. 이전에는 너무 적게 했습니까?

영 주   그게 아니오. 난 어떻든 전혀 예상 못 했소.

마리넬리   예상하신다고요? 차라리 모든 것을 한꺼번에 아시는 게 더 낫습니다! 빨리요, 몸을 숨기십시오. 복면한 자가 전하를 보아서는 안 됩니다.

    (영주 퇴장한다)

제 2 장

마리넬리와 곧이어 안젤로 등장.

마리넬리 (다시 창가로 다가간다) 마차가 천천히 시내로 되돌아가는군. 저렇게 천천히? 그리고 마차 문마다 하인이 보이고. 저것은 아주 좋지 않은 징조인 걸. 책략이 반밖에 성공하지 못했다는 징조야. 부상자 때문에 천천히 돌아가고 있다는 뜻이지. 죽은 사람을 저렇게 하지는 않아 복면한 자가 말에서 내렸어. 안젤로야. 대담한 놈! 결국 녀석은 샛길을 알고 있군. 내게 손짓을 하는 거군. 녀석은 제 일에 대해 확신하고 있음이 분명해. 흐흐, 백작나리, 마사로 가려고 하지 않은 귀하가 이제는 더 먼길을 가야만 되겠군! 누가 귀하에게 원숭이를 그렇다고 가르쳐 주었을까? (마리넬리 문을 향해 가면서) 암, 원숭이는 심술이 사납다구! 자, 안젤로?

안젤로 (복면을 벗으면서) 주의하십시오, 관방장 나으리! 녀석들이 여자를 곧 데리고 올 겁니다.

마리넬리   그밖의 일은 어떻게 되었나?

안젤로   잘 됐을 겁니다, 나으리.

마리넬리   백작은?

안젤로   예! 그런데 그것이…… 백작이 낌새를 알아차린 게 분명합니다. 전혀 무방비 상태는 아니었거든요.

마리넬리   말할 게 있으면 빨리 말해! 죽었는가?

안젤로   그 훌륭한 양반에겐 참으로 유감입니다만.

마리넬리   자 이거, 동정심이 가득한 마음에 주는 것이다! (그에게 돈주머니를 준다)

안젤로   정말 용감했던 니콜로! 녀석이 피값을 지불해야 했습죠.

마리넬리   그래? 양측에 모두 피해가?

안젤로   저는 그 솜씨 좋은 녀석을 위해서 울어 주고 싶습니다요! 녀석이 죽어서 이 돈 (주머니를 손바닥에 놓고 주머니의 무게를 저울질하면서)의 1/4 정도를 더 받을 수 있지만요. 저는 그 놈의 상속자입죠. 제가 그 놈의 복수를 해주었으니까요. 이것이 우리들의 법칙입니다. 충성과 우정을 위해 예전부터 있던 좋은 법칙입죠. 니콜로 녀석 안 됐습니다, 관방장 나으리.

마리넬리   니콜로도 그렇지만… 백작, 백작이 문제야!

안젤로 젠장! 백작은 니콜로를 멋있게 처치하더군요. 그 대신 저는 다시 백작을 해치워 버렸습니다! 쓰러지더군요. 살아서 마차 안으로 들어갔다고 하더라도 제가 보장하는 바지만 백작이 살아서 거기에서 나오지는 못할 겁니다.

마리넬리 그게 확실하면 좋겠군, 안젤로!

안젤로 그게 확실치 않다면, 저는 어르신 같은 고객을 잃게 되는 것이죠! 다른 명령 하실 일이 있습니까? 제 갈 길이 멀어서요. 저희들은 오늘 국경선을 넘을 작정입니다.

마리넬리 그렇다면 가거라.

안젤로 또 일거리가 있으면, 관방장 나으리. 저를 어디에서 찾을 수 있으신지, 아시지요? 다른 자가 할 수 있는 일이라면, 제게도 역시 마술 같은 일은 아니죠. 게다가 다른 사람에 비해서 제 고용비가 싼 편이지요. (퇴장한다)

마리넬리 좋았어! 그렇지만 썩 잘된 일은 아니야. 뭐, 안젤로! 이 돈독 오른 놈. 두번째 총알이 이 놈을 맞혀야 하는 건데. 불쌍한 백작, 지금쯤 얼마나 고생하고 있을까! 안젤로! 그놈이 잔혹하게 처리했다는 얘긴데. 서툴렀어. 하지만 이에 대해서 전하가 알아서는 안 되지. 나중에 백작의 죽음이 전하에게 얼마나 유리한 것이었는지 알게 해야 해. 백작의 죽음! 일이 확실하게 된 대가를 난 무엇으로 치러야 할까?

제 3 장

영주, 마리넬리.

영　주　저기 에밀리아가 오솔길을 따라 올라오는군. 하인을 앞질러서 서둘러 오고 있어. 보아 하니 공포심이 그녀의 발에 날개를 붙여 주었군. 그녀가 결코 의심하게 해서는 안 돼. 다만 도적떼들에게 습격당한 것으로만 믿어야 해. 그러나 그런 믿음이 얼마 동안이나 유지될까!

마리넬리　이렇게 해서 에밀리아를 처음으로 수중에 넣게 되는군요.

영　주　에밀리아 어머니가 딸을 찾지 않겠소? 또 백작이 그녀의 뒤를 쫓아오지 않을까? 그렇게 되면 그 다음엔 우리는 뭐가 되지? 어떻게 해야 에밀리아를 그들에게서 떼어놓을 수 있겠소?

마리넬리　그 모든 문제에 제가 아무것도 대답해 드릴 수 없습니다. 잠시 기다려 주십시오, 자비하신 전하. 첫걸음부터 내디뎌야 합니다.

영　주　만약 우리가 내디딘 걸음을 되물려야만 한다

면, 어디로 첫걸음을 내디딘단 말이오?

마리넬리 아마 그럴 필요가 없을 겁니다. 계속해서 발을 내디뎌야 할 대목들이 많고도 많습니다. 가장 중요한 문제를 잊으셨습니까?

영 주 내가 확실하게 생각해 보지 않았던 바인데, 내가 어찌 잊을 수 있겠소? 가장 중요한 것? 그게 무엇이오?

마리넬리 마음을 녹이는 방법, 설득하는 방법 말입니다. 사랑을 원하시는 전하께 없을 수 없는 방법이지요.

영 주 없을 수 없다구? 영주가 가장 필요로 할 때 하필 없어지는 방법이지. 난 오늘 그런 방법을 한 번 사용해 보았지만, 결과가 영판 좋지 않았소. 온갖 말로 알랑거리고 별 약속을 다 했지만 난 에밀리아에게서 단 한 마디 말도 끄집어내지 못하였소. 에밀리아는 입을 다문 채 낙담하여 떨면서 그냥 서 있기만 했소. 마치 사형판결문을 듣고 있는 죄 지은 여인처럼 말이오. 그녀의 공포심이 내게까지 옮겨와서 나도 함께 몸을 벌벌 떨었고, 결국 용서를 구하는 애원으로 말을 끝맺고 말았소. 감히 다시 그녀에게 말을 건넬 용기가 없소. 최소한 그녀가 처음 들어오는 순간에만은 그럴 자신이 없소. 마리넬리, 그대가 그녀를 맞이해야겠소. 난 가까이에서 일이 어떻게 진행이 되는지 엿듣고 있다가 내가 더 마음을 가다듬었을 때 나타나리다.

제 4 장

마리넬리와 곧 이어서 마리넬리의 하인 바티스타가 에밀리아와 함께 등장.

마리넬리 에밀리아가 백작이 쓰러지는 걸 직접 보지 않았으면 좋겠군. 그녀가 저토록 서둘러 앞장서서 오는 것을 보니 그 장면을 보지 못한 게 분명해. 다 왔군. 나 역시 그녀가 만난 첫번째 사람이 되고 싶지는 않아. (홀의 귀퉁이에 몸을 숨긴다)

바티스타 이쪽으로 들어오십시오, 아가씨.

에밀리아 (헉헉거리며) 아하! 아하! 친구여, 고마워! 정말 고마워! 하나님, 하나님! 제가 어디 있는 건가요! 이렇게 혼자서요! 어머니는 어디에 계시지? 또 백작님은? 뒤따라 오실까? 내 뒤를 따라서?

바티스타 그럴 겁니다요.

에밀리아 그렇게 생각하나? 자네, 확실히 모르나? 자넨 어머니를 보지 못했나? 우리 뒤에서 총소리까지 나지 않았던가?

바티스타 총소리요? 그럴 리가!
에밀리아 분명히 총소리가 났어. 그리고 백작님 아니면 어머니께서 그 총에 맞은 게 분명해.
바티스타 당장 그분들을 찾으러 나가지요.
에밀리아 나를 두고 가면 안 되오. 나도 함께 가겠네. 내가 함께 가야 해. 가세, 친구여!
마리넬리 (방금 들어온 것처럼 갑자기 들어온다) 아하, 존귀하신 아가씨! 이 무슨 불행, 아니 이 무슨 행운입니까? 이 같은 행복스러운 불행이 저희들에게 이런 영예를 허락해 주었군요.
에밀리아 (질겁하며) 아니? 관방장께서, 여기에? 제가 그러니까 여기가 관방장님 댁인가요? 실례했습니다, 관방장님. 저희들은 멀지 않은 곳에서 도적떼들에게 습격을 당했습니다. 그때 좋은 분들이 저희를 도와 주기 위해 도착했지요. 그리고 이 훌륭한 남자분이 저를 마차에서 빼내어 이리로 데려왔답니다. 하지만 저 혼자만 구조되었다니 어떻게 해야 할지 모르겠습니다. 제 어머님께서는 아직도 위험한 상태십니다. 더구나 우리가 오는 뒤쪽에서 총소리까지 났는데, 어머님이 혹시 돌아가셨을지도 몰라요. 그런데 제가 살아났다니요? 용서하세요. 저는 가야만 돼요. 제가 함께 있어야 할 그곳으로요.

마리넬리 존귀하신 아가씨여, 마음을 가라앉히십시오. 모든 게 잘 될 겁니다. 그분께서는 곧 아가씨께로 오시게 됩니다. 아가씨께서 그토록 애타게 걱정을 하고 있는 그 사랑하는 분 말입니다. 바티스타, 자, 빨리 가거라! 그분들은 아마도 수렵구역의 농가를 뒤지고 계실지도 모르지. 그분들을 지체하지 말고 이리로 모시고 오거라. (바티스타 퇴장한다)

에밀리아 확실한 가요? 그분들이 모두 무사하신 가요? 그분들에게 아무 일도 없으신 건가요? 내가 여기서 이렇게 있어서는 안 되. 내가 마중하러 뛰어나가야 해.

마리넬리 존귀하신 아가씨, 무엇 때문에 그러시렵니까? 아가씨는 숨이 차고 기력이 빠져 있는 상태입니다. 차라리 기력을 회복하시고, 좀 더 편안한 방안으로 드십시오. 제가 내기를 해도 좋습니다. 전하께서 몸소 벌써 아가씨의 귀한 어머님에 대해 배려를 하시고 아가씨께 모셔다 드릴 것입니다.

에밀리아 누구라고요?

마리넬리 우리 자비하신 전하 말씀입니다.

에밀리아 (극도로 당황하여) 전하요?

마리넬리 전하께서는 습격에 대한 첫 제보를 받자마자 여러분을 돕기 위해 뛰어나가셨습니다. 전하께서는 목전이라고 할 만치 가까운 곳에서 감히 그런 범죄 행위가 벌어질 수 있었다는 사실에 대해 심히 분노하셨습니다. 전하께서는 이들을 추격토록 명령하셨는데, 그들이 잡히면 징벌은 대단히 가혹할 겁니다.

에밀리아 전하라고! 그럼 내가 어디에 있는 걸까?

마리넬리 전하의 별궁, 도살로 궁에 계십니다.

에밀리아 이 어찌된 불행한 사태인가! 관방장님, 전하께서 곧 오실까요? 어머님과 함께요?

마리넬리 이미 와 계십니다.

제 5 장

영주, 에밀리아, 마르넬리.

영 주　에밀리아는 어디에 있나? 어디에? 아리따운 아가씨여, 우리는 그대를 사방에서 찾았소. 그대는 무사하오? 다행히 무사하구려! 백작 그리고 그대의 어머니는…….

에밀리아　오! 자비하신 전하! 그분들은 어디에 계시옵니까? 저의 어머님은요?

영 주　멀리 있지 않소, 여기에서 아주 가까이에 있소.

에밀리아　하나님, 무슨 일이 있더라도 저는 어머님과 백작님을 만나야 합니다! 결단코! 자비하신 전하, 전하께서는 저에게 숨기고 계시는 군요! 저는 압니다. 숨기고 계시는 것을…….

영 주　착한 아가씨여, 그렇지 않소. 자 그대의 팔을 잡게 해 주고, 마음을 푹 놓고 나를 따라 오시오.

에밀리아　(마음을 정하지 못한 채) 그렇지만 그분들에게 아무 일도 일어나지 않았다면, 제 예감이 틀린 것이라면 전하, 왜 그분들은 여기에 오시지 않지요?
왜 그분들은 전하와 함께 오지 않았지요, 네?
영 주   나의 아가씨여, 그대의 모든 놀람이 일순간에
사라지도록 서두르시오.
에밀리아   어찌하여야 하지? (두 손을 움켜쥐면서)
영 주   아니, 그대는 본인을 의심하는 건가?
에밀리아   (영주 앞에 엎드리며) 전하의 발 밑에서 비나
이다, 자비하신 영주님!
영 주   (에밀리아를 일으켜세우며) 본인이 심히 부끄럽
소. 그렇소, 에밀리아, 난 이 소리 없는 질책을
받아 마땅하오. 오늘 아침의 내 행동은 어떻게 해
도 정당화될 수 없소. 내가 간곡히 사과를 하오.
나의 연약함을 용서해 주기 바라오. 나한테 전혀
도움되지 않을 고백으로 그대를 불안하게 하지 말
았어야 했소. 나 역시 그대가 내 말을 듣고 있을
때, 아니 오히려 듣고 있지 않을 때라고 해야겠
지, 그때 그대의 말없는 당황함에 의해 충분히 징
벌을 받았던 바요. 이제 불행한 사태가 일어났소.
하지만 내 희망이 영원히 사라지기 전에, 이 사태
를 이제 다시 한번 그대를 만나 내가 하고 싶은
말을 할 수 있는 행운의 기회로 바꿔 놓을 수도
있을 거외다. 또 나는 이 불행한 사태를 은혜가

가득한 행복의 손짓으로도 해석할 수 있을 것이오. 다시 한번 은총을 애소할 수 있는, 극히 기적적으로 이뤄진 최종 판결의 연기로도 해석할 수 있을 것이오. 그래서 나는 이렇게…… 움직이지 마시오, 나의 아가씨여! 오직 그대의 눈망울에 의지하려는 것이오. 어떤 말 한 마디도, 어떤 한숨 한 번도 그대를 모욕하려는 게 아니오. 그대의 불신으로 나를 병들게 하지 마오. 한 순간이라도 그대가 내게 끼치는 무한한 영향력을 의심하지 마시오. 그대는 내게 어떤 방어벽도 칠 필요 없소. 자, 이리 오시오. 나의 아가씨. 자 갑시다. 큰 기쁨이 그대를 기다리고 있는 곳으로. 이제 그대가 그 기쁨을 더 받아들이게 될 것이오.(영주가 저항을 하는 에밀리아를 데리고 퇴장한다) 따라 오시오, 마리넬리.

마리넬리 "따라 오시오, 라니"라는 그 말은 아마 따라오지 말라는 뜻일 거야! 내가 따라갈 필요가 있겠나? 이제 전하께서는 에밀리아와 단 둘이서 일을 어느 정도 꾸밀 수 있을지 아시게 되겠지. 내가 해야 할 일은 두 사람이 방해받지 않도록 단속하는 거야. 백작이 오리라고는 기대할 수 없지만, 그녀의 어머니는…… 어머니라! 만약 그 어머니가 딸을 위험 속에 남겨 둔 채 조용히 물러갔다면,

그게 오히려 정말 놀라운 일이겠지. 그런데 바티스타는? 무슨 일이 있나?

제 6 장

바티스타, 마리넬리.

바티스타 (급히 들어오며) 관방장님, 어머니가 옵니다.
마리넬리 내 그럴 줄 알았지! 어디 있나?
바티스타 만약 아가씨가 나서지 않으면, 곧 이곳으로 올 겁니다. 관방장님께서 짐짓 제게 그녀의 어머니를 찾아보라고 명하셨기 때문에, 찾아볼 생각을 전혀 하지 않았습니다만, 멀리서부터 들려오는 그녀의 외침소리를 들을 수 있었습니다. 그녀는 딸의 흔적을 뒤쫓고 있습니다. 흔적이 없으면, 몽땅 뒤질 겁니다. 인적 없는 이곳 사람들이 모두 그녀 주위에 몰려들어 각자가 적극적으로 길을 안내해 주고 있습니다. 사람들이 그녀에게 영주 전하와 관방장님이 여기 계신다는 말을 했는지 확실히 모르겠습니다. 어떻게 하시겠습니까?
마리넬리 두고 보자! (생각에 잠긴다) 딸이 여기 있다는 걸 알고 있을 경우 그녀를 이곳에 들여놓지 말까? 그건 안 돼. 정말이야, 만약 어린 양 옆에 늑대가 있는 것을 알면, 눈을 부라릴 거야. 눈이라! 그래도 그건 괜찮아. 제발 하늘이 우리 귀에 은총을 내리시길! 이제 무얼 하지? 아무리 좋은 입심도 지치기 마련인데, 하물며 여인의 입심 정도야. 어쩔 수 없으면, 그녀도 소리 지르는 걸 멈추겠지. 게다가 어떤 일이 있더라도 우리편으로 끌어넣어야 할 어머니야. 내가 그 어머니를 잘 알고 있으면 좋으련만. 전하의 장모가 된다고 하면 대개 기분이 좋아서 넘어가는데, 모르지. 바티스타, 오게 내버려 둬라!

바티스타 들어 보십시오, 들어 보세요!

클라우디아 (무대 뒤에서) 에밀리아! 에밀리아! 얘야, 어디 있느냐?

마리넬리 나가 봐라, 바티스타. 나가서 호기심으로 따라온 자들을 떼어버려라.

제 7 장

클라우디아 갈로티, 바티스타, 마리넬리.

클라우디아   (바티스타가 나가려는 순간 클라우디아가 문 안으로 들어온다) 앗! 저자가 내 딸애를 마차에서 빼냈지! 저 자가 데리고 갔어! 난 알아볼 수 있어. 그 앤 어디에 있느냐? 말해, 이 사악한 놈!

바티스타   이게 나에 대한 감사의 말입니까?

클라우디아   오, 만약 네가 감사 받을 일을 했다면야. (누그러진 음성으로) 그렇다면 미안하오! 그 애는 어디 있소. 나에게서 그 애를 더 이상 떼어놓지 마오. 그 아인 어디 있소?

바티스타   오, 용서하십시오. 따님은 어떤 행복의 성에서도 여기보다 더 극진히 대접을 받지 못하실 겁니다. 여기 계신 어르신께서 부인을 따님께 안내해 드릴 것입니다. (뒤따라 들어오려는 몇몇 사람들에게) 너희들은 물러가거라!

제 8 장

클라우디아   당신의 어르신? (마리넬리를 보자 뒷걸음친다) 앗! 저이가 당신의 어르신? 당신이 여기에? 그리고 여기에 내 딸이 있어? 그리고 당신이, 당신이 나를 에밀리아에게 안내해요?

마리넬리   기꺼이 그렇게 하겠습니다, 부인.

클라우디아   잠깐만! 이제 생각나는군요. 당신이, 그래, 바로 그 사람이죠. 아닙니까? 오늘 아침 우리 집에서 백작을 찾았던…… 아니에요? 내가 백작과 얘기를 나누도록 자리를 피해 줬던 그 사람? 백작과 다투기까지 했었죠?

마리넬리   다투다니요? 모를 일이군요. 정사 때문에 사소한 말 몇 마디를 주고받은 것뿐이지요.

클라우디아   당신 이름이 마리넬리지요?

마리넬리   예, 관방장 마리넬리입니다.

클라우디아   맞아. 관방장 나으리, 들어 보시죠. 바로 마리넬리라는 이름이 죽어가던 백작의 마지막 말이었어요. 이제 알겠지요? 난 처음에 그 말을 이해하지 못했어. 그런 어조로 말을 뱉었는데도 ―

아, 그 어조! 난 그 어조가 지금도 생생하게 들리는 듯해요. 이 말을 즉시 알아차리지 못하였다니, 내 정신이 도대체 어디에 있었던가?

마리넬리 무슨 말씀이요? 나는 예전부터 백작의 친구였습니다. 그의 가장 절친한 친구였지요. 그러니까, 그가 운명하면서 내 이름을 불렀다면······.

클라우디아 그런 어조로 친구를? 난 그 어조를 결코 흉내낼 수 없어요! 또 설명할 수도 없어요. 그렇지만 그 어조 안에는 모든 내용이 들어 있었어요! 모든 내용이! 뭐라고? 우리를 습격한 것이 도적떼들이었을 것이라고요? 그들은 암살자들이었어요. 돈으로 고용된 살인자들! 그리고 마리넬리, 마리넬리가 죽어가던 백작의 마지막 말이었어요! 그런 어조로 뱉어낸!

마리넬리 어떤 어조라고요? 어떤 한 어조를 근거 삼아서, 그것도 경황 중에 들었던 한 어조를 근거로 하여 한 무고한 남자를 고발하였다는 얘기를 들어보았습니까?

클라우디아 하, 이 어조만 법정에 내세울 수 없는 건가. 그 어조! 아, 슬프구나! 그런데 이 문제 때문에 내 딸을 잊고 있었구나. 에밀리아는 어디 있죠? 어찌 됐죠? 역시 죽었나요? 아파아니가 당신의 적이었다는 것이 내 딸애와 무슨 상관이죠?

마리넬리　난 겁에 질린 어머니를 용서하겠습니다. 부인, 들어오시오. 댁의 따님은 여기에 있소이다. 가까이 있는 방에 말이오. 이제 따님께서 놀란 상태에서 완전히 회복되셨으면 합니다만. 전하께서 극히 세심한 배려로 따님을 보살피고 계십니다.

클라우디아　누가요? 누가 친히?

마리넬리　전하께서.

클라우디아　전하? 정말, 전하라고 말하였소? 우리 전하 말씀이요?

마리넬리　아니면 누구겠습니까?

클라우디아　그렇다면 이제! 난 불행한 애미가 되었구나! 그리고 이 애 아버지! 애 아버지! 그 이는 이제 이 아이의 생일날을 저주하게 되겠구나!. 또한 나도 저주할 테고.

마리넬리　맙소사, 부인! 무슨 생각을 하시는 겁니까?

클라우디아　분명해! 아니란 말인가? 오늘 교회에서! 성모 마리아의 목전에서! 영원하신 분이 가장 가까이 임재하신 그곳에서! 이 더러운 음모가 시작된 거야! (마리넬리를 향해서) 하! 이 살인자! 비겁하고 천한 살인자! 자신의 손으로 직접 살인할 만한 용기도 없는 살인자! 그리고 남의 정욕 찌꺼기를 달래 주려고 살인을 벌이는 파렴치한 자! 살인을 사주하다니! 살인자 중에서도 가장 더러운 찌꺼기! 진정한 살인자들은 그들 사이에 너 같은 자가 끼이는 것을 허용치 않을 거야! 네 놈은! 네 놈의 얼굴에 내 이 모든 분노와 분통을 단 한 마디의 말로 침뱉지 못할 이유가 무엇이냐! 네 놈! 이 뚜쟁이 놈!

마리넬리 착한 부인이시여, 정신이 나가셨군요. 적어도 그 거친 언사를 자제하시오, 그리고 여기가 어딘지 생각해 보시오.

클라우디아 여기가 어디냐고? 내가 어디에 있는지 생각해 보라고? 새끼를 빼앗긴 어미 사자가 두려운 게 무엇이냐, 어떤 숲에서 으르렁거리든 무슨 상관이냐?

에밀리아 (무대 안쪽에서) 앗, 어머니구나!

클라우디아 에밀리아? 내 딸이야! 애 음성을 들었어. 이 애가 내 음성을 들었구나. 그런데 내가 소리지르면 안 된다구? 얘야, 어디 있느냐? 내가 간다, 내가 가! (방안으로 뛰어 들어가고 마리넬리가 뒤따른다)

제 4 막

장소는 전(前) 막과 동일

제 1 장

영주, 마리넬리.

영 주 (에밀리아가 있는 방에서 나오는 듯) 이리 오시오, 마리넬리! 내가 잠시 쉬어야 되겠소. 그대로부터 지혜를 빌려야겠단 말이오.

마리넬리 오, 어머니의 분노! 하! 하! 하!

영 주 웃는 거요?

마리넬리 전하. 전하께서 만약 그녀가 이 홀에서 벌인 광란의 행동을 보셨더라면! 전하께서는 물론 그녀의 고함소리를 들으셨겠지요. 그리고 그녀가 전하를 본 순간 얼마나 갑자기 온순해지는 지도 보셨겠지요. 하! 하! 세상의 어떤 어머니도 일국의 영주께서 자기 딸을 곱게 보았다고 해서 영주님의 눈을 뽑으려 들지는 않는 법이지요. 제가 그걸 잘 알고 있었지요.

영 주 그대가 잘못 본 거요! 딸은 어머니 품에 기절하여 쓰러져 버렸소. 그 때문에 그녀의 어머니가 분노를 잊은 것이오. 그 어머니가 그 얘길 소리

높여 분명하게 말하지 않은 건, 내가 아닌 딸을 보호하려는 것이었소. 차라리 듣지 않은 편이 나은 그 얘기, 이해하고 싶지도 않은 얘기 말이오.

마리넬리   무슨 말씀입니까, 전하?

영 주   왜 감추려는 거요? 밝히시오. 그것은 사실이오, 사실이 아니오?

마리넬리   만일 사실이라면 어떡하시겠습니까?

영 주   만일 사실이라면? 그렇다면, 그가 죽었단 말인가? 죽었어? (위협하듯이) 마리넬리! 마리넬리!

마리넬리   글쎄요?

영 주   맹세코! 하늘에 맹세코! 난 이 피 흘린 범죄에 책임이 없어. 만약 그대가 이번 일이 백작 목숨을 요구하는 일이었다고 말을 했더라면……, 아니었지! 아니었어! 내 목숨을 차라리 희생시켰더라면 좋았을 것을!

마리넬리   전하께 미리 말씀을 드렸더라면, 이라고요? 마치 그의 죽음이 저의 계획에 들어 있었던 것처럼 말씀하시는군요. 저는 안젤로뿐만 아니라 어느 누구에게도 상처가 나지 않도록 하라고 엄히 명령을 내렸었습니다. 만약 백작이 먼저 폭력을 행사하지 않았더라면, 폭력행위는 조금도 생기지 않고 일이 끝났을 겁니다. 그는 갑자기 한 사람을 쏴

넘어뜨렸습니다.

영　주　정말이야, 그는 장난을 이해할 수 있어야 했어.

마리넬리　그러자 안젤로가 화가 나서 동료의 죽음을 복수한 것입니다.

영　주　정말, 그것은 당연한 일이야!

마리넬리　저는 그 녀석을 충분히 꾸짖었습니다.

영　주　꾸짖었다고? 친절하시기도 하군! 그 자에게 다시는 내 영토에 들어올 수 없다고 경고하시오. 내 징계는 그다지 관대하지 않으니까.

마리넬리　잘 알았습니다. 저와 안젤로, 계획과 우연 등 모든 것이 하나지요. 하긴, 어떤 불행한 사건이 일어난 경우 제가 그것을 책임지지 않기로 전제하고, 약속을 했었습니다만.

영　주　그때 불행한 사터가 일어날 수도 있다고 말했소, 아니면 일어날 수밖에 없다고 말했소?

마리넬리　갈수록 너무 하시는군요! 하지만, 자비하신 전하, 전하께서 제게 그렇게 냉랭하게 말씀하시기 전에 한 가지만 생각해 보십시오! 백작의 죽음은 제게 결코 무관한 일이 아닙니다. 저는 그에게 결투를 신청했고, 그는 그것을 받아줄 의무가 있었습니다. 백작은 이를 실천하지 않고 이 세상을 떠나 버렸습니다. 저의 명예는 심각하게 손상당했습니다. 다른 상황에서라면 제가 전하의 의심을 받을 수 있을 겁니다. 하지만 이번 정황에서까지 의심을 받아야만 할까요? (열이 치받치는 것처럼 가장하며) 그 누가 나의 이런 처지를 생각할 수 있을까!

영 주 (양보하는 듯이) 그래, 좋소, 좋아.

마리넬리 백작이 아직 살아만 있다면! 오, 그가 아직 살아 있어 준다면! 모든 것을, 이 세상의 모든 것을 그 대가로 지불하겠는데. (쓰라리게) 전하의 은총까지도, 이 헤아릴 수 없고 이 결코 셈할 수 없는 은총까지도 그 대가로 나는 내놓겠어!

영 주 이해할 수 있소. 이제, 됐소, 됐어. 그의 죽음은 우연이었소, 완전한 우연. 그대가 그것을 확신시켜 주었소. 그리고 난, 나는 그것을 믿소. 그러나 우리 외에 누가 믿겠소? 그 어머니가? 또 에밀리아는? 세상 사람들은 또 어떨까?

마리넬리 (냉랭하게) 힘들겠지요.

영 주 사람들이 그 말을 믿지 않으면, 어떤 말을 믿겠소? 그대는 어깨만 으쓱하고 마는 거요? 그대의 안젤로를 도구로, 그리고 우리를 사주한 자로 보게 될 거요.

마리넬리 (한층 더 냉랭하게) 충분히 그럴 만하지요.

영 주 나를! 나까지도! 아니면 난 지금 이 시간부터 에밀리아에 대한 나의 모든 욕망을 포기해야만 해.

마리넬리 (지극히 무심한 태도로) 만약 백작이 살아 있었더라면, 전하께서 역시 그렇게 하실 수밖에 없겠지요.

영 주 (격분하다가 다시 자제하면서) 마리넬리! 그렇지만, 그대는 날 화나게 해서는 안 돼. 일이 그렇다고 가정하지. 사실 그래! 그대는 이렇게 말하고 싶겠지. 백작의 죽음이 내게 행운이라고. 내가 만날 수 있는 가장 큰 행운, 내 사랑이 성취될 수 있는 유일한 행운이라고 말이야. 그리고 이 행운으로써 백작의 죽음이 이뤄졌다고 치지! 이 세상에 이젠 백작이 한 명 더 있거나, 적거나 상관없지! 내가 그대를 옳게 생각하고 있는 걸까? 좋아! 나 역시 시시한 범죄에 대해서는 눈 하나 깜짝하지 않아. 하지만 친구여, 그것은 사소하고 조용한 범죄, 사소하그 유익한 범죄여야 했어. 그대도 아다시피, 우리의 범죄는 조용하지도 유용치도 못했어. 그 길을 깨끗이 청소해 버리던가 즉시 폐쇄시켜야 했어. 어느 누구도 우리에게 호통칠 거야. 그리고 우리는 유감스럽게도 그런 일을 벌이지 않았어야 했었는데! 이런 사태가 그대의 현명하고, 기발한 책략 때문인가?

마리넬리 대답을 명령하신다면.

영 주 그밖에 무엇 때문이요? — 난 해명을 요구하오!

마리넬리 저의 책략에 속하지 않았던 일이 제 탓으로 치부되고 있군요.

영 주 해명을 난 바라오!

마리넬리 진정으로 그러신다면! 이 사건에서 분명한 혐의가 영주 전하께 쏠리는 것이 저의 책략 때문일까요? 이번 책략에는 은혜스럽게도 그 분께서 함께 참여하신 대목이 있습니다.

영 주 내가?

마리넬리 감히 그분께 말씀 드리겠습니다. 그분께서 오늘 아침 교회에 걸음 하셨던 일 대단히 주저하시며 행하셨을 테고 그만큼 어쩔 수 없이 하셔야 했겠지만, 그 행차는 책략에 들어 있던 것은 아니었습니다.

영 주 그것이 대체 무엇을 망쳐 놓았단 말이요?

마리넬리 실상 책략 전부를 망쳐 놓은 것은 아닙니다. 그렇지만 첫 단계 이전에 망쳐 놓았지요.

영　주　흥, 그렇게 말하면 내가 그대의 말을 이해하겠소?

마리넬리　그렇다면 간략하게 말씀드리지요. 제가 일을 떠맡았을 때, 에밀리아는 전하의 연정(戀情)에 대해서 전혀 몰랐습니다. 그렇지 않습니까? 에밀리아의 어머니는 더 말할 필요도 없지요. 제가 이런 정황을 토대로 일을 꾸몄다면 어쩌시겠습니까? 건물의 토대를 밑에서 파내어 흔들어 버리신 게 아닙니까?

영　주　(이마를 치면서) 빌어먹을!

마리넬리　몰래 꾸미는 일을, 이제 그분 스스로 드러내신 것이라면, 어떻게 될까요?

영　주　저주스런 생각을 했던 거로군!

마리넬리　그리고 그분께서 그것을 노출시키시지 않았더라면 어땠을까요? 정말입니다! 저의 책략 중 어떤 대목에서 에밀리아나 그녀의 어머니가 영주 전하에 대해 악감정을 갖게 하는 대목이 있었을까요? 정말 알고 싶습니다.

영　주　그대 말이 옳소!

마리넬리　실상은 제 말이 전혀 옳지 않습니다. 자비하신 영주 전하, 용서를 빕니다.

제 2 장

바티스타, 영주, 마리넬리.

바티스타　(황급히 들어온다) 곧 오르시나 백작부인께서 도착하십니다.
영　주　백작부인? 어떤 백작부인이냐?
바티스타　오르시나 부인입니다.
영　주　오르시나? 마리넬리! 오르시나? 마리넬리!
마리넬리　이 문제에 대해선 전하 못지 않게 놀라고 있습니다.
영　주　바티스타, 가라. 뛰어가! 그녀를 마차에서 못 내리게 해라. 난 여기에 없는 거야. 난 그녀를 위해 여기에 있는 게 아니야. 그 여자가 잠시 있다가 다시 돌아가게 해라. 가라, 뛰어가! (비티스타가 퇴장한다) 그 바보 같은 계집은 뭘 바라는 거지? 이게 감히 무슨 엉뚱한 짓이람? 우리가 여기에 있는 것을 어떻게 알았을까? 그녀가 탐색을 하러 왔을까? 그녀가 이미 뭔가 낌새를 알아챈 걸까? 아, 마리넬리! 말 좀 해 보오. 대답을 좀 해 보오!— 이 사람아, 마음이 상한 거야? 그리고도 내 친구라고 말을 할 수 있겠소? 몇 마디 너저분한 말다툼 때문에 마음이 상하다니! 내가 용서를 구하리까?

마리넬리 아, 전하. 전하께서 다시 예전의 전하로 돌아오신다면, 저 역시 저의 모든 영혼을 전하께 바칠 것입니다! 그런데 오르시나 백작부인이 이곳에 도착한 것은 전하께와 마찬가지로 제게도 수수께끼입니다. 하지만 그녀를 물리치기는 대단히 어렵습니다. 어떻게 하시렵니까?

영 주 그녀와 한 마디 말도 않겠어. 난 피해 버리겠소.

마리넬리 잘 생각하셨습니다! 빨리 피하십시오. 제가 그녀를 맞겠습니다.

영 주 하지만 다만 그녀를 보내기 위한 것이어야 하오. 그 이상은 그녀와 노닥이지 마시오. 우리는 지금 다른 할 말이 있으니까.

마리넬리 알겠습니다, 전하! 여타의 일은 이미 해버렸습니다. 다만 마음만 굳게 지니십시오! 부족한 것은 저절로 오게 되어 있습니다. 그녀가 벌써 오는가 봅니다. 서두르십시오, 전하! 저기로 (작은 방을 가리키자, 영주가 그 안으로 들어간다) 원하신다면, 이곳의 얘기를 들으실 수 있습니다. 난 두렵군, 두려워. 백작부인이 제 정신이 아닐 때 나들이를 한 것은 아닌지.

제 3 장

오르시나 백작부인, 마리넬리.

오르시나 (처음에는 마리넬리를 발견치 못하고) 웬일이야? 내가 들어서는 것을 감히 가로막는 무례한 놈 외에는 나를 맞는 사람이 아무도 없다니? 내가 분명 도살로에 온 것인가? 예전에는 주인 눈치 보는 모든 하인들이 나를 향해 치달아 왔던, 바로 그 도살로가 여기란 말인가? 예전에 사랑과 황홀이 나를 기다리고 있던 바로 그곳인가? 바로 그곳이지! 하지만, 하지만! 저것 봐, 마리넬리로군! 전하와 그대가 함께 온 게로군. 아니야, 좋지 못해! 그이와 결판낼 일은, 그이와만 해야 하는 것이지. 그분은 어디에 계시오?

마리넬리 전하 말씀입니까, 백작부인?

오르시나 그밖에 누가 있겠소?

마리넬리 여기에 계시리라 생각하셨습니까? 그걸 아셨습니까? 백작부인께서 추측하신 것과는 달리 여기에 안 계십니다.

오르시나   안 계신다구요? 그이는 오늘 아침에 내 편지를 받지 못했나요?

마리넬리   부인 편지요? 아, 그거요. 기억합니다. 전하께서 부인의 편지에 대해 말씀이 있으셨습니다.

오르시나   그런데? 내가 편지에 오늘 도살로에서 만나자고 요청하지 않았던가? 전하께서 답신을 즐기지 않는다는 건 알고 있지만, 한 시간 전에 도살로를 향해 떠나셨다는 것을 내가 알아냈소. 난 그게 충분한 대답이라고 믿었소. 그래서 내가 온 거요.

마리넬리   아주 특이한 우연이군요!

오르시나   우연이라니! 약속된 것이라 말하지 않았소. 약속이 된 바와 진배없소. 내쪽에서는 편지로, 전하는 행동으로……. 한데 관방장, 자네는 왜 여기에 있소? 눈을 그렇게 뜨다니! 놀랐소? 그리고 무엇 때문에?

마리넬리   부인께서 이렇게 일찍이 전하를 다시 찾으시기에는 대단히 멀리 계신 것 같았습니다만.

오르시나   좋은 생각은 밤새 오는 법이오. 그분은 어디에 계시오? 우는 소리, 울부짖는 소리가 들려온 방에 계신 게 아니오? 내가 안으로 들어가려 했는데, 그 무례한 놈이 나타났었지.

마리넬리 제가 존경하옵는 백작부인.

오르시나 여자의 울부짖는 소리였어. 맞지, 마리넬리? 말해 보시오, 어서! 그대 말대로 내가 그대가 가장 존경하는 백작부인이라면 망할 놈의 그 궁정의 더러운 악에 대해서! 그렇군, 그대가 내게 미리 말해 주든 그렇지 않든 무슨 상관이겠소. 내가 직접 잘 볼 수 있을 텐데. (들어가려 한다)

마리넬리 (그녀를 제지하며) 어디로 가십니까?

오르시나 내가 오래 전부터 있어야 할 곳으로. 생각해 보오. 내가 그대와 이 현관에서 너저분한 허튼 소리나 하고 있어야 되겠소? 전하께서 방안에서 기다리고 계시는데?

마리넬리 착각이십니다. 부인. 전하께서 부인을 기다리시는 게 아닙니다. 전하께서는 여기에서 부인과 얘기하실 수 없습니다. 얘기하고 싶어하지도 않으시구요.

오르시나 여기에 계신 거군요? 내 편지대로 여기에?

마리넬리 부인 편지 때문이 아닙니다.

오르시나 편지를 받았다고 말했었지요?

마리넬리 받으셨지만 읽지 않으셨습니다.

오르시나 (격렬하게) 읽지 않았어요? (격렬함을 점점 사그라뜨리면서) 안 읽었어요? (비탄스럽게 눈에서 눈물을 닦으면서) 쳐다보지도 않았군요.

마리넬리 바빠서 그러셨을 겁니다. 경멸해서가 아니라.

오르시나 (오만하게) 경멸? 누가 그따위 생각을? 누구한테 감히 그런 말을 쓰는 거지? 그대는 파렴치한 위안자 노릇을 하는군, 마리넬리! 경멸! 경멸이라니! 나를 경멸까지 하다니, 나를! (침울한 어조라고 할 정도의 약한 소리로) 그래 이제 그 이는 나를 사랑하지 않는군요. 이제 분명히 알겠어요. 그분 마음 속 사랑의 자리에 다른 어떤 것이 들어섰군요. 그렇지만 무엇 때문에 경멸의 마음까지……, 다만 무관심하면 될 터인데. 그렇지 않아요. 마리넬리?

마리넬리 그렇지요, 그럼요.

오르시나 (비웃듯이) 그렇지요? 사람들이 하고 싶은 말을 쉽게 하게 하는 영리한 남자의 저 단어! 무관심! 사랑의 자리에 무관심이? 무관심이란 무엇이 있던 자리에 아무것도 없다는 말. 알맹이 없는 말을 지껄이는 궁정나리, 그대 마리넬리여. 한 여자에게 배우시오. 공허한 단어, 메아리 없는 울림, 무관심이란 말에 상응하는 것은 아무것도 없다는 것을. 무관심이란 마음에 두지 않는 어떤 것을 대하는 심리 상태. 마음의 대상이 될 수 없는 것을 향한 마음가짐. 그것은 무관심이 없는 상태와도 같소. 자네에게는 너무 수준이 높은 얘기인가?

마리넬리 (혼잣말로) 아이고! 이거 큰일이군! 두려워했던 것이 현실이 되어 버렸으니!

오르시나 그대는 무엇을 그리 중얼거리는가?

마리넬리 정말 놀랍습니다! 백작부인, 부인께서 여자 철인이라는 사실을 누군들 모르겠습니까?

오르시나 사실 아니오? 암, 암, 난 여자 철학자지. 그러나 내가 그렇다는 것을 지금 깨달은 건가? 오, 내가 만약 그것을 깨달았더라면, 그리고 보다 자주 깨달았더라면! 전하가 나를 경멸한다는 게 아직도 놀라운 일일까? 그의 뜻에 거슬러서 사고까지 저지르려고 한 것을 어떤 남자가 좋아하겠는가? 생각하는 계집은 화장하는 남정네만큼이나 역겹겠지. 계집은 웃어야 해! 다른 것은 말고 오직 웃어야겠지, 지엄하신 창조의 주체를 항상 기분 좋게 해주기 위해서 말이야. 그런데, 마리넬리, 당장 무엇에 대해 웃어야 하지? 아하, 그렇지! 내가 편지로 전하를 도살로로 오시게 했는데, 전하는 편지를 안 읽었지만 도살로에 오시게 된 우연에 대해서 웃어야겠군. 호! 호! 호! 정말 기막힌 우연이구려! 너무 재미있고 너무도 우스꽝스럽군! 그대는 왜 함께 웃지 않는 거요, 마리넬리? 우리 같이 가련한 피조물이 감히 더불어 생각할 순 없다고 하더라도, 지엄하신 창조 주체께서야 물론 더불어 웃으실 수 있겠지. (진지하게 명령조로) 자, 웃으시오!

마리넬리 당장 웃겠습니다, 백작부인. 당장!

오르시나 무식한 자! 이제 때가 지나가 버렸어! 아니, 아니, 이제는 웃지마오! 그런데, 마리넬리! (감정이 격해질 만큼 골똘히 생각하며) 나를 진심으로 웃게 만든 그것은 역시 그 나름의 진지한, 대단히 진지한 측면이 있어요. 이 세상의 모든 일이 그렇듯이! 우연? 전하는 여기에서 나랑 얘기를 나누리라 생각지 않았다. 그러나 그럴 수밖에 없게 됐다. 이건 운명이겠지! 우연? 이봐요, 마리넬리 우연이라는 단어는 하나님을 모독하는 말이오. 태양 아래에 우연이란 없소. 적어도 그 의도가 분명히 드러난 것은 우연이 아니오. 오, 전능하고 선하신 분이시여! 분명히 당신께서 하신 일, 직접 하신 일을 이 바보스러운 죄인과 더불어 우연이라고 칭하였습니다. 이를 용서하소서. (마리넬리에게 격렬하게) 자, 이리 오시지. 그리고 다시 한번 나를 그 범죄로 끌어들여 보시지!
마리넬리 (혼잣말로) 한층 더 하는군! 하지만 자애하신 백작부인.
오르시나 그 '하지만' 소리는 집어치우시오! '하지만' 소리는 생각을 요구하는 말이거든. 내 머리! 내 머리! (손으로 이마를 감싸면서) 마리넬리, 내가 그분과, 전하와 말을 하게 해주시오. 빨리! 그렇지 않으면 난 아무것도 할 수 없소. 우리는 당연히, 그리고 반드시 이야기를 해야 하오.

제 4 장

영주, 마리넬리, 오르시나.

영 주 (방에서 걸어나오면서 혼잣말로) 마리넬리를 도와줘야겠군.

오르시나 (영주를 보았으면서도, 그에게 향해 가야 할지 마음을 정하지 못한 상태로 있다) 아, 거기 계셨군요.

영 주 (홀을 횡단하여 백작부인 곁을 지나 말을 계속하면서 다른 방으로 향한다) 아름다운 백작부인이셨군. 부인, 유감이지만 그대의 영광스러운 방문을 기쁘게 받아들일 수가 없소! 대단히 바쁘오. 난 혼자 있는 게 아니오. 다음에 만났으면 좋겠소, 다음에. 지금 여기에 더 이상 머물지 마시오. 더 이상 말이오! 그리고 그대, 마리넬리, 그대를 기다리겠소.

제 5 장

오르시나, 마리넬리.

마리넬리   자애로우신 백작부인, 제 말을 믿지 않으시려 했지만, 이제 그 말을 전하로부터 직접 들으셨겠지요?

오르시나   (마비된 것처럼) 진정 들었는가, 내가?

마리넬리   정말 들으신 겁니다.

오르시나   (감정이 흔들려서) "바쁘오. 난 혼자가 아니오"라니. 그것이 내가 받을 사과의 말인가? 그런 말로써 누군들 물리치지 못하겠는가? 그런 말은 모든 귀찮은 존재들, 거지들을 내쫓는 말이야. 위해서 단 한 마디의 거짓말도 해줄 수 없는 건가? 날 위하여 단 한 마디의 시시한 거짓말도 이제 더 이상 해줄 수 없다는 말인가? 바쁘다고? 무엇 때문이지? 혼자가 아니다? 누가 저이랑 함께 있는 거지? 여봐요, 마리넬리. 온정에서라도, 친애하는 마리넬리! 그대 나름대로 생각해서, 내게 거짓말을 꾸며 말해 줘요. 그대가 거짓말 한 가지를 하는 게 그렇게 힘들겠소? 전하가 뭘 하시고 있는 거죠? 그분과 함께 있는 사람이 누구요? 말해 봐요. 그대의 입에 맨 처음 떠오른 것을 말해 주면 되오. 그러면 나는 가리다.

마리넬리 (혼잣말로) 그런 조건이라면 진실의 일부를 슬쩍 말해 줄 수도 있지.

오르시나 응? 빨리, 마리넬리. 그럼 난 갈 거요. 어쨌든 전하께서는 내게 "다음에 봅시다. 사랑하는 백작부인"이라고 했지 않아요? 그분이 내게 약속을 지키시도록, 그분이 내게 약속을 지키지 않을 핑계를 대지 못하게 말해 줘요, 빨리요. 마리넬리, 그대의 거짓말을. 그럼 나는 가겠소.

마리넬리 친애하는 백작부인, 전하께서는 정말 혼자 계시는 게 아닙니다. 전하께서 한순간도 한눈 팔 수 없는 그런 분이 함께 있습니다. 방금 위험에서 빠져나온 분, 아피아니 백작 말입니다.

오르시나 아피아니 백작? 안 됐구려. 내가 그대 거짓말을 금방 알아차려 버렸으니. 얼른, 다른 거짓말을 하시오. 그대가 모르고 있다면 말해 주겠소. 아피아니 백작은 방금 도적떼들에게 의해 피살되었어요. 그의 시신을 실은 마차를 난 방금 시 근교에서 만났었소. 그가 아니었을까? 그게 꿈이었던가?

마리넬리   유감스럽게도 꿈이 아닙니다! 그렇지만, 백작과 함께 있던 다른 사람들은 구조되어 이 성으로 옮겨졌습니다. 그러니까 백작의 신부와 신부 어머니 말이죠. 백작은 그들과 함께 사비오네타에 가서 엄숙히 결혼식을 올리기 위해 행차 중이었지요.

오르시나   그래서 그 사람들이? 그들이 전하와 함께 있단 말이오? 신부가? 그리고 신부의 어머니도? 신부는 아름다워요?

마리넬리   그들의 사고는 전하께 큰 충격을 주었습니다.

오르시나   신부가 못생겼으면 좋겠어요. 그녀의 운명이 너무 끔찍스럽기 때문에 말이오. 불쌍한 아가씨, 백작이 영원히 자기 것이 되려는 순간 자기 품에서 떨어져나가 버렸으니! 그런데 그 신부가 누구지요? 내가 전혀 모르는 여자인가? 난 시를 오랫동안 떠나 있었기 때문에, 아는 게 아무것도 없소.

마리넬리   에밀리아 갈로티라는 처녀입니다.

오르시나   누구라고? 에밀리아 갈로티? 에밀리아 갈로티? 마리넬리! 난 이 거짓말을 사실로 받아들일 수 없소!

마리넬리   부인께서 그녀를 아실 리가 없지요.

오르시나   아니! 아니! 오늘 처음 들었지만. 진정이오, 마리넬리? 에밀리아 갈로티라는 이름이? 에밀리아 갈로티가 바로 전하가 위로를 하고 있는 그 불쌍한 신부란 말이지?

마리넬리   (혼잣말로) 내가 이 여자에게 너무 많은 것을 말해 준 것일까?

오르시나   그리고 바로 방금 피살된 아피아니 백작이 그녀의 신랑이었고?

마리넬리   그렇습니다.

오르시나   브라보! 오, 브라보!(손뼉을 치면서)

마리넬리   왜 그러십니까?

오르시나   난 그분을 그런 짓을 하도록 유혹한 악마에게 키스라도 하고 싶군!

마리넬리   네? 그런 짓? 유혹을 해요? 누가요?

오르시나   그렇고 말고, 악마에게 키스라도 하고 싶어, 키스를! 그 악마가 바로 그대, 마리넬리라고 하더라도 말이오.

마리넬리   부인!

오르시나   이리 와 봐요! 날 쳐다봐요! 내 눈을 쳐다봐요!

마리넬리   자?
오르시나   그대는 내가 무엇을 생각하는지 알기나 하오?
마리넬리   제가 어떻게 알겠습니까?
오르시나   그대는 그 일에 전혀 관계가 없소?
마리넬리   어떤 일 말씀입니까?
오르시나   맹세하시오! 아니, 맹세할 필요 없소. 그대는 죄를 하나 더 짓게 될 터이니. 그러나 그대, 맹세하오. 죄가 하나 많든 적든 마찬가지니까. 저 주받은 자에게 있어서는! 그대는 그 일에 관련이 없소?
마리넬리   저를 놀래키시는군요, 백작부인?
오르시나   확실해요? 자, 마리넬리, 그대의 착한 마음이 찔리지 않소?
마리넬리   무엇이요? 무엇 때문에요?
오르시나   그럴지도 모르지. 그렇다면 그대에게 어떤 말을 털어놓기로 하지. 그대의 머리카락이 쭈뼛이 치솟도록 할 어떤 얘기를. 하지만 바로 여기, 문가에서는 누군가가 우리 얘기를 들을 수도 있을 터이니, 이리 와 봐요. 자! (그녀는 입술에 손가락을 세우면서) 들어 봐요! 아무도 모르게! 남 몰래! (마치 마리넬리에게 속삭이기라도 하려는 듯이 그의 귀에 입을 가까이 가져갔다가 대단히 큰 소리로 그에게 말한다) 전하는 살인자예요!

마리넬리   백작부인, 백작부인! 정신이 나갔군요?

오르시나   정신이 나가? 호! 호! 호! (목청을 다해 웃으면서) 난 나의 오성에 지금처럼 만족해해 본 적이 거의 없소. 아니 전혀 없었소. 내 말을 믿어요, 마리넬리. 그렇지만 우리끼리의 얘기예요. (낮은 목소리로) 전하는 살인자예요! 아피아니 백작의 살인자! 그를 죽인 것은 도적떼들이 아니야. 그를 죽인 자는 전하의 하수인일 뿐. 그를 살해한 자는 바로 전하예요!

마리넬리   어찌 부인의 입에 그런 끔찍스러운 말을 올릴 수 있고, 생각 할 수 있습니까?

오르시나   어떻게요? 지극히 당연하오. 지금 에밀리아 갈로티가 전하와 함께 있어요. 그녀의 신랑은 땅에 쓰러져 세상을 하직하고 말았고, 전하는 오늘 아침 도미니카 교회 홀에서 이 에밀리아 갈로티와 오랫동안 얘기를 나누었소. 난 그것을 알고 있지. 내가 아는 사람들이 그것을 목격했으니까. 그들은 전하가 그녀와 무슨 말을 나누었는지까지 들었다오. 어때요, 착한 마리넬리님? 그래도 내가 정신이 나갔소? 난 지금 함께 얽혀 있는 것을 풀어 정리하고 있는 것일 뿐이라고 생각하는데? 아니면 내 말이 대충 맞을 뿐인가! 그대는 이것이 우연이라고 생각하오? 오, 마리넬리. 그대는 예언에 있어서나 마찬가지로 인간의 악에 대해서 판별력이 좋지 못하구려.

마리넬리   백작부인, 그런 말씀은 목을 걸고 하셔야 할 터인데요.

오르시나   만약 이 얘기를 더 많은 사람들에게 한다면? 그러면 더 좋지, 더 좋아! 내일 난 이 얘기를 시장바닥에서 소리 높여 외치겠소. 나에게 반박하는 자는, 내게 반탁하는 자가 있다면 그 놈은 바로 그 살인자의 한 패거리예요. 잘 있어요. (그녀가 나가려는 순간 문에서 황급히 들어서는 갈로티 노인장을 만난다)

제 6 장

오도아르도, 백작부인, 마리넬리.

오도아르도 자애하신 부인, 용서하십시오.
오르시나 난 이곳에서 용서할 일이 없어요. 여기에서 뭘 나쁘다고 할 게 없으니까요. 저 양반에게 말씀하시지요. (마리넬리를 가리킨다)
마리넬리 (오도아르도를 쳐다보며, 혼잣말로) 이제는 다 됐군. 저 노인네까지 왔으니!
오도아르도 관방장님, 당황해서 미리 알리지 않고 이렇게 성 안까지 들어온 아비를 용서하시오.
오르시나 아버지? (다시 몸을 돌리면서) 에밀리아의 부친이신 게 분명하군요? 아이, 어서 오세요.
오도아르도 하인이 급히 뛰어와서, 이 근방에서 제 가족들이 위험에 처해 있다고 알려 주더군요. 그래서 황급히 여기로 달려 왔습니다. 그리고 아피 아니 백작이 부상을 당해 시로 되돌아갔고, 제 아내와 딸아이가 이 성 안으로 구조되어 왔다는 말을 들었습니다. 관방장님, 그들은 어디에 있습니까? 네?

마리넬리 안심하십시오, 대령. 귀하의 부인과 따님께서는 전혀 해를 당하시지 않았습니다. 놀란 것만 빼면 두 분 모두 잘 계십니다. 전하께서 함께 계시지요. 제가 즉시 귀하가 오신 것을 알리겠소이다.

오도아르도 먼저 알린다구요? 무엇 때문에 그럴 필요가 있지요?

마리넬리 여러가지 이유 때문이오. 그러니까, 그러니까 전하 때문이지요. 대령, 귀하는 전하와 어떤 사이인지 잘 알고 있을텐데요? 좋은 사이는 아니시지요? 전하께서 귀하의 부인과 따님에 대해서 은총을 베풀고 계시지만 말입니다. 그네들은 여자분들이지요. 그렇다고 해서 귀하의 예고치 않은 방문이 전하의 마음에 들까요?

오도아르도 관방장 말씀이 옳소이다. 그렇군요.

마리넬리 그런데, 자애하신 백작부인. 그 전에 제가 부인을 마차로 모시그 가는 영광을 입을 수 있을까요?

오르시나 아니, 그럴 필요없소, 전혀!

마리넬리 (그녀의 손을 약간 거칠게 잡으면서) 제가 의무를 지킬 수 있게 해주시겠습니까?

오르시나   천천히 하시지! 마리넬리, 사양하리다. 당신 같은 자들은 정중함을 자신의 소임으로 삼고 부수 업무가 실제 당신 소임일 테네, 그걸 할 수 있도록 말이오! 이 품위 있는 어른이 와 계시다는 것을 보다 빨리, 보다 기꺼이 알리는 것이 당신 소임일 것이오.

마리넬리   전하께서 부인에게 명하신 것을 잊으셨습니까?

오르시나   전하께서 오셔서 다시 한번 내게 명령하시라고 전하오. 내가 그분을 기다릴 테니.

마리넬리   (대령을 옆으로 데리고 가서 낮은 목소리로) 갈로티 대령, 난 귀하를 저 부인과 함께 여기에 계시게 해야겠소. 그런데 저 부인은 제 정신을……, 날 이해해 주십시오. 내가 이렇게 말하는 것은 귀하가 저 부인 말에 어떻게 응수해야 할지 알려 주려는 것이오. 저 부인은 이상스러운 말을 하곤 합니다. 그녀와 당최 말을 안 하는 것이 제일 좋은 방책이오.

오도아르도   잘 알았소. 서둘러 주시오.

제 7 장

오르시나 백작부인, 오도아르도 갈로티.

오르시나 (침묵이 계속되는 동안, 대령을 동정어린 눈으로 쳐다본다. 오도아르도 역시 그녀를 호기심에 가득한 눈으로 언뜻언뜻 쳐다본다) 불행하신 분이여, 그 사람이 당신께 무슨 말을 하던가요?

오도아르도 (반은 혼잣말로, 반쯤은 그녀를 향해서) 불행하신 분?

오르시나 그건 분명히 진실이 아니었어요. 적어도 당신을 기다리고 있는 것 중의 하나는.

오도아르도 나를 기다리고 있는 것? 부인, 내가 충분히 알고 있지 못한 건가요! 말씀 좀 해주시구려, 어서.

오르시나 당신은 아무것도 모르신 거예요.

오도아르도 아무것도?

오르시나 착하고, 사랑스러운 아버지여! 당신이 나의 아버지라면 얼마나 좋을까요! 용서하세요! 불행한 일은 연발하는 법이죠. 저는 진심으로 당신과 분노와 고통을 나누고 싶어요.

오도아르도   마담! 고통과 분노라구요? 내가 잊고 있군. 말씀해 보시오!.

오르시나   만약 그 딸이 당신의 무남독녀라면, 당신의 유일한 혈육이라면! 유일한 애이든 아니든 마찬가지지만. 불행을 당한 자식은 항상 유일한 혈육인 법이지요.

오도아르도   불행을 당한 자식? 마담! 내가 저 여자에게서 무엇을 원한단 말이냐? 아니야, 미친 여인은 저렇게 말하지는 않아!

오르시나   미친 여인? 그자가 당신께 그렇게 귀띔해준 말인가요? 그래, 그건 그 자가 행한 가장 음험한 거짓말에 비하면 아무것도 아니지! 내 그럴 줄 알았지! 당신은 내 말을 믿으세요. 어떤 일에 정신만 잃지 않으면 잃을 게 없습니다.

오도아르도   내가 뭘 생각해야 한단 말이오?

오르시나   날 경멸하시지 말 것을! 노인이시여! 당신 역시 오성이 있으시니까요. 당신의 단호하고, 품위 있어 보이는 표정에서 그것을 알 수 있어요. 당신께는 오성이 있으시지만, 내가 한 마디만 하면 그 오성을 잃으실 거예요.

오도아르도   마담! 마담! 당장 얘기를 해주지 않으면

난 당신이 말해 주기 전에 오성을 잃고 말 거요. 어서 말해 주시오! 말을! 아니면 그건 진실이 아닐 거요. 당신이 동정과 존경을 받을 만한 미친 여인이라는 말은 진실이 아닐 거요. 그렇다면 당신은 천한 바보일 뿐이오. 오성을 가진 적도, 지금도 없는 여인 말이오.

오르시나 그럼 주의해서 들으세요! 이미 충분히 알고 있다시지만, 당신은 무얼 알고 있지요? 아피아니 백작이 부상을 당했다구요? 그냥 부상만? 천만에, 그는 죽었어요!

오도아르도 네? 죽었어요? 하, 부인, 그 말은 약속과 다르오. 당신은 나의 오성을 없애고 내 심장까지 찢어 버리는군요.

오르시나 이왕 말한 김어! 한 가지만 더, 신랑은 죽었어요. 그리고 신부는 당신 따님은 죽은 것보다 더 안 좋은 상태예요.

오도아르도 죽은 것보다 더 안 좋은 상태? 그렇다면 같이 죽었나요? 더 안 좋다고 해도 한 가지밖에 모르겠구려.

오르시나 착한 아버지여 죽은 게 아니지요. 따님은 살아 있어요. 살아 있고 말고요. 이제 제대로 살기 시작하는 겁니다. 희열이 가득한 인생을! 가장 아름답고, 가장 기쁨이 넘치는 게으름뱅이 인생을 숨이 붙어 있는 동안에는.

오도아르도 나의 분별력을 앗아가 버릴 말 한 마디, 그 말 한 마디만 하시오. 마담! 어서! 당신의 독약을 엉뚱한 데에다 쏟아놓지 마세오. 그 한 마디를, 어서!

오르시나 그럼 이제 명심해 들으세요. 오늘 아침 미사 때 전하는 당신 따님과 말을 나누었어요. 그리고 오후에 전하는 그 따님을 그의 쾌락, 쾌락의 성에 데려다 놓았구요.

오도아르도 미사에서 말을 나눠요? 영주가 내 딸애와?

오르시나 대단히 친밀한 태도로, 열정적으로 말이에요! 두 사람은 결코 사소한 약속을 한 게 아닐 거예요. 어떤 약속을 했다면 잘된 일이지요. 만약 따님이 자유의사에 따라 이곳으로 구조된 것이라면 더욱 잘된 거구요. 보시다시피, 이것은 결코 강제적인 납치가 아니었습니다. 다만 사소한, 사소한 음모살인일 뿐이지요.

오도아르도 이런 중상 모략이! 저주받을 중상이오! 난 내 딸을 잘 알고 있소. 만약 음모 살해가 벌어졌다면, 또한 납치일 것이오. (주위를 거칠게 두리번

거리며 화가 나서 발을 쾅쾅 구르고 거품을 낸다) 그런
데 클라우디아는? 어미는? 우리는 그런 기쁨을
체험했었지! 오, 그 은혜로운 영주에 의한 기쁨
을……. 오, 그 특별한 영광의 기쁨을!

오르시나 노인장, 이제 아시겠지요.

오도아르도 그러니까 난 강도 소굴 앞에 서 있는 것
이구려.(그는 겉옷을 좌우로 펼치다가 자신이 무기를 휴
대하고 있지 않음을 안다) 내가 서두르다 손을 놓고
오지 않은 게 이상할 정도군! (무엇인가 찾는 듯, 모
든 주머니를 뒤적인다) 아무것도 없어! 전혀 아무것
도! 어디에도 없어!

오르시나 아, 알겠어요! 도와드릴 수 있겠군요! 하나
가져 왔지요. (단검 하나를 꺼내면서) 여기 있어요!
누가 보기 전에 어서! 또 제가 가진 게 있다면,
독약, 그러나 독약은 우리 같은 여자를 위한 것이
지, 남정네들의 것은 아니지요. (그에게 단검을 건네
면서) 자, 어서!

오도아르도 감사하오, 감사하오. 사랑스러운 여인이
여, 그대를 다시 바보라고 부르는 자는 내가 혼을
내겠소.

오르시나 집어넣으세요! 빨리! 나는 이걸 사용할 기
회가 없었지만 당신은 있을 거예요. 당신이 진정

남자 대장부라면 최초의, 최상의 기회를 잡을 거예요. 난 여자예요. 하지만 단단히 결심하고 여기에 왔어요! 노인장, 우린 모두 모욕당했기 때문에 서로 믿을 수 있어요. 아, 내가 전하에게 얼마나 엄청나고, 이루 형언할 수 없고, 이해할 수 없는 모욕을 당했으며, 또 여태껏 당하고 있는지 만일 당신이 아신다면 이번 일로 지금 당하고 있는 당신의 모욕을 잊을 수 있을 거예요. 저를 혹시 아세요? 전 오르시나라고 해요. 속아넘어가 버림받은 오르시나! 아마 당신 딸 때문에 버림을 받았을 거예요. 그렇다고 따님이 뭘 할 수 있을까요? 따님도 곧 버림받을 거예요. 그리고 또 다른 여자가 대신하겠지요! 또 다른 여자가! 하! (마치 황홀경에 있는 것처럼) 이 무슨 천상의 환상인가! 만약 버림받은 여자들 모두가 바카스 여신들, 퓨리에 여신(역주 : 복수의 여신)이 되어 전하를 우리 지배하에 두고 우리끼리 찢고, 살을 갈갈이 찢어 발겨서 그의 내장을 파낸다면 얼마나 좋을까. 모든 여자에게 약속하고 그 어떤 여자에게도 약속을 지키지 않은 그의 심장, 배신자의 심장을 들여다보게 말이야! 하! 그건 하나의 춤일 텐데! 그럼 춤이고 말고!

제 8 장

클라우디아 갈르티, 앞장의 인물들.

클라우디아 (들어서며 주위를 돌아본다. 곧 남편을 발견한다) 찾아오셨군요! 아, 우리의 보호자, 우리의 구원자! 오도아르도, 당신이 오셨군요? 그들의 귓속말과 표정에서 눈치 챘어요. 당신이 아직 아무것도 모른다면, 내가 무엇부터 얘기해야 할까요? 어쨌든 우리 탓이 아니에요. 제 탓도 아니구요. 물론 당신의 딸 탓도 아니에요. 정말 전혀 잘못이 없어요!

오도아르도 (아내를 쳐다보며 자신을 제어하려 애쓴다) 알았소. 침착하시오, 침착해. 그리고 내 말에 대답하시오. (오르시나를 향하여) 내가 아직 의심하고 있는 것은 아니오, 마담. 백작은 죽었소?

클라우디아 죽었어요.

오도아르도 전하가 오늘 아침 미사에서 에밀리아와 얘기를 나눈 게 사실이오?

클라우디아 사실이에요. 그렇지만 그 때문에 저 애가

얼마나 놀랐는지, 그리고 얼마나 황망스럽게 집으로 뛰어들었는지, 당신이 아신다면……

오르시나 자, 내 말이 거짓인가요?

오도아르도 (쓰디쓰게 웃으며) 거짓이라 주장하지 않았소! 결코 아니오!

오르시나 제가 미쳤나요?

오도아르도 (사나운 태도로 왔다 갔다 하면서) 오! 나 역시 미치지 않았소.

클라우디아 저한테 침착하라고 했지요. 난 지금 마음이 차분해요. 여보, 감히 내가 부탁해도 되나요?

오도아르도 뭘 바라는 거요? 내가 침착하지 않소? 어떤 사람이 나보다 더 침착할 수 있단 말이오? (자신을 억제하면서) 에밀리아는 아피아니가 살해된 걸 알고 있소?

클라우디아 알지 못해요. 하지만 아피아니가 나타나지 않아, 이상하게 여기고 있으니까 걱정이에요.

오도아르도 한탄하며 흐느끼고 있겠구려.

클라우디아 이제는 그렇지 않아요. 이미 그 상태는 지났어요. 당신도 잘 아시는 그런 식으로요. 그 애는 우리 집안에서 가장 무섭고 의지가 강한 애예요. 첫 인상은 결코 강하지 않지만, 잠시의 생각만으로 어떤 일에도 잘 적응하고 침착하지요.

그 애는 전하와 거리를 두고 냉랭한 어조로 말하고 있어요. 여보, 어서 여길 떠나요.

오도아르도　난 말을 타고 왔소. 더 할 일이 있소? 마담, 당신은 물론 시로 돌아가시겠지요?

오르시나　그렇죠.

오도아르도　제 아내와 함께 가 주시겠습니까?

오르시나　안 될 이유라도? 기꺼이.

오도아르도　클라우디아 (그녀를 백작부인에게 소개하며) 오르시나 백작부인이오. 총명한 귀부인이시고, 내게 은혜를 베푸신 분으로, 우리편이오. 이분과 함께 돌아가 우리 마차를 보내 주시오. 에밀리아를 다시 구아스탈로토 보내지 않겠소. 그 애를 내가 데려 가겠소.

클라우디아　하지만…… 만약에…… 난 그 애와 떨어지고 싶지 않아요.

오도아르도　아비가 가까이 있지 않소? 아비가 만나는 건 허락하겠지! 자, 백작부인, 이리 오십시오. (그녀에게 낮은 소리로) 내가 다시 연락하겠습니다. 클라우디아, 오시오. (두 여자를 데리고 나간다)

제 5 막

계속 같은 장면

제 1 장

마리넬리, 영주.

마리넬리 전하, 여기 창문에서 그를 볼 수 있습니다. 회랑을 오르락내리락하고 있습니다. 길을 막 굽어 들어옵니다. 아닙니다. 다시 돌아가는군요. 아직 마음을 정하지 못한 모양입니다. 상당히 침착하군요. 아니면 그렇게 보이는 거겠죠. 어쨌든 우리한테는 마찬가지입니다. 당연하죠! 두 여자가 그의 머리 속에 어떤 생각을 넣어 주었는지 모르지만, 감히 그것을 발설할 수 있겠습니까? 바티스타가 들은 말로는, 자기 부인더러 마차를 금방 이리로 보내라고 했다더군요. 그는 말을 타고 왔으니까요. 이제 곧 그가 전하 앞에 나타날 텐데 주의해 보십시오. 그는 아마 이러한 유감스러운 일을 당한 자기 가족들을 이곳에 보호해 주신 전하 은혜에 아주 공손히 감사인사를 할 겁니다. 그리고 불행을 당한 사랑스러운 딸에게 전하께서 계속 관심을 쏟아 주시길 간청할 겁니다.

영 주   그가 그렇게 온순하게 나오지 않으면 어떡하
지? 그가 그렇기는 정말 어려울 거야. 내가 그 사
람을 아주 잘 알지. 그는 기껏해야 의심을 억누르
고 분노를 짓씹을 거야. 그리고 그가 딸을 도시로
보내지 않고, 자기 곁으로 데려가 버리면 어떡하
지? 아니면 내 영토 밖 어느 수도원에 유폐시켜
버린다면?

마리넬리   걱정 속의 사랑은 멀리도 보는군요. 그럴
듯합니다! 하지만 그가 그렇게 하지는 않을 듯 합
니다만…….

영 주   하지만 만일 그렇게 한다면! 그때는 어떻게
하지? 그러면 그 불쌍한 백작이 죽은 게 우리에
게 무슨 도움이 되겠소?

마리넬리   전하, 왜 그렇게 우울한 생각만 하십니까?
승자는 이렇게 생각합니다. '우리 옆에 적군이 쓰
러지든지 아군이 쓰러지든지 우리는 전진한다'라
고 말입니다! 저 고집쟁이 노인네가 전하께서 걱
정하신 바처럼 그렇게 작정하고 있더라도 말입니
다. (생각에 잠겨서) 옳거니! 됐어! 제가 그 노인네
가 마음먹은 이상의 행동을 못 하도록 하겠습니
다. 분명히! 그러나 그를 우리 눈 밖에 두어서는
안 되지. (다시 창가로 걸어간다) 저 노인네가 곧 우

리를 놀라게 할텐데! 그가 옵니다. 우리 잠시 그를 피하기로 하지요. 걱정이 됩니다만, 우리가 어떻게 해야 할지 으선 들어 보지요.

영 주 (위협하듯이) 안 돼, 마리넬리!

마리넬리 세상에서 가장 탓할 것 없는 방법으로 할 겁니다!

제 2 장

오도아르도 갈로티.

오도아르도 아직 아무도 안 나타나는가? 그래, 좀 더 냉정해야겠어. 다행이군. 다 늙어서 젊은애들 마냥 사납게 날뛰는 것보다 경멸스러운 것은 없지! 스스로 자주 다짐했던 말이지. 그런데도 마음이 찢겨 버렸어. 누구 때문이지? 질투심에 사로잡힌 여자, 질투심으로 미쳐버린 여자 때문이야. 도덕이 훼손된 것과 불륜의 복수가 무슨 상관이 있단 말인가? 훼손된 도덕만 구해내야 해. 그리고 너의 문제, 오, 아피아니, 내 아들아! 나는 울 수도 없었구나. 우선 그 문제는 알려고 하지 않겠다. 너의 문제는 하나님께서 자신의 문제로 삼아 주실 거다! 너를 살해한 자가 자기 범죄의 열매를 즐기지 못한다면 나로서는 족한 일이다. 범죄보다도 이것 때문에 그 놈이 더 괴로워했으면 좋겠어! 이제 곧 포만감과 역겨움으로 잡다한 욕망들을 쫓아 헤매었지만 그것을 채우지 못했다는 기억 때문에,

쾌감을 쓰디쓰게 단들어 버렸으면 좋으련만! 꿈을 꿀 때마다 피투성이 신랑이 신부를 그의 침실 앞으로 데려가고, 그놈이 음탕한 팔을 신부에게 내뻗는 순간, 갑자기 지옥의 비웃는 소리를 듣고 잠에서 깨어나면 얼마나 좋을까!

제 3 장

마리넬리, 오도아르도 갈로티.

마리넬리   어디 계시오, 노인장? 어디 계시오?
오도아르도   내 딸이 여기 있었나요?
마리넬리   따님이 아니라, 전하께서 계셨습니다.
오도아르도   용서하시오. 백작부인을 배웅하고 왔소.
마리넬리   그래요?
오도아르도   좋은 부인이더군요!
마리넬리   귀하의 부인은?
오도아르도   백작부인과 함께 갔소. 이곳으로 마차를 빨리 보내야 하니까요. 마차가 올 때까지 제가 딸과 여기 잠깐만 더 머물 수 있도록 전하께서 허락해 주셨으면 좋겠소.
마리넬리   왜 그런 번거로움을? 전하께서 기꺼이 어머니와 따님, 두 분을 직접 시내로 모셔다 드리지 않으시겠습니까?
오도아르도   적어도 딸애만은 그런 영광을 사양해야겠지요.

마리넬리 왜지요?

오도아르도 그 애를 이제 구아스탈라로 보내지 않을 거요.

마리넬리 그래요? 왜 그러시죠?

오도아르도 백작이 죽었으니까요.

마리넬리 그러니까 오히려 더……

오도아르도 나와 함께 갈 겁니다.

마리넬리 귀하와 함께요?

오도아르도 그렇소. 백작이 죽었다고 말하지 않았소. 귀하는 아직 모르고 있다면, 이제 그 애가 구아스탈라와 무슨 상관이 있겠소? 그 애를 데리고 갈 거요.

마리넬리 물론 따님의 거취문제는 전적으로 아버지의 의사에 달려 있겠죠. 다만 당분간만은……

오도아르도 당분간은?

마리넬리 대령, 따님을 구아스탈라에 보내도록 허락해 주어야 할 겁니다.

오도아르도 내 딸을? 구아스탈라로? 왜지요?

마리넬리 왜냐고요? 생각 좀 해보시오.

오도아르도 (흥분해서) 생각! 생각! 난 이 문제에 대해 생각할 게 아무것도 없소. 그 애를 데리고 가겠소, 반드시.

마리넬리 아, 대령! 우리가 이 문제로 다툴 필요가 없을 것 같소. 내가 잘못 생각한 것일 수도 있고, 또 필요하다고 여기는 것이 필요치 않을 수도 있소. 전하께서 가장 올바른 판단을 내리실 거요. 전하께 맡기도록 합시다. 가서 모셔오겠소.

제 4 장

오도아르도 갈로티.

오도아르도 어떻게 한다고? 절대로 안 돼! 그 애가 갈 곳을 나에게 지시한다고? 그 애를 이 아비한테서 떼어놓겠다고? 어떤 자가 그런 생각을, 누가 감히? 여기서 원하면 그 무엇도 할 수 있는 자인가? 허락되지 않더라도 내가 얼마나 많은 것을 할 수 있는지 겨루어 보겠다. 법을 존중하지 않는 자는 법을 갖지 않는 자와 똑같은 힘을 갖는 법. 네 놈은 그걸 모르느냐? 덤벼라, 덤벼! 그런데, 이것 봐, 또 마찬가지군. 이번에도 분노가 이성을 빼앗아 가는구나. 난 뭘 하려는 거지? 어떤 일이 일어나고 말겠지. 그리고 그 때문에 난 미쳐 날뛰고. 궁정의 간신배가 무슨 말인들 지껄이지 않을까? 그 자가 지껄이도록 내버려둘 걸! 그럼 그 애가 다시 구아스탈라로 가야 할 구실을 들을 수 있었을 텐데! 그러면 내가 지금 침착하게 답변을 준비할 수 있을 것을……. 어떤 구실이든 어찌 대응

할 수 없겠는가? 그러나 혹시 그렇게 된다면, 어떻게 하지? 누가 오는구나, 침착해. 늙은 소년아, 침착해!

제 5 장

영주, 마리넬리, 오도아르도 갈로티.

영 주 오 친애하는 갈로티 대령. 내 집에서 귀하를 만나다니, 무슨 일이 있는 게 분명하구려. 사소한 일로는 그렇지 않을 텐데. 비난하는 말은 아니오.

오도아르도 자비하신 전하, 어떤 경우라 할지라도 갑자기 주군을 찾아오는 것은 결례라고 생각합니다. 잘 아는 사람은 주군께서 필요할 경우 출두를 하명하실 테니까요. 용서를 구하는 바입니다.

영 주 다른 사람들도 그대와 같은 자신만만한 겸손이 있었으면 좋겠소! 본론으로 들어갑시다. 딸이 대단히 보고 싶겠구려. 그 자상한 어머니가 갑자기 떠나서 에밀리아가 다시 불안해하고 있소. 왜 그렇게 떼어놓았소? 난 다만 사랑스런 에밀리아가 완전히 회복되면 두 사람을 당당하게 시내로 데려갈 수 있길 기대하고 있었소. 그대가 내 즐거움을 반으로 줄여 버렸구려. 하지만 난 몽땅 빼앗기지는 않을 거외다.

오도아르도 지극하신 은총입니다! 그러나 전하, 딸 아이는 구아스탈라에서 친구와 적들로 인해, 또 동정심과 고소해하는 마음 때문에 여러가지 상처를 입을 수 있습니다. 제 딸애가 이런 상처를 받지 않도록 해주십시오, 전하!

영 주 하지만 에밀리아의 친구나 동정하는 마음들로부터 그들이 느끼는 달콤한 아픔들을 빼앗는 것도 잔인한 일이오. 그리고 적과 고소해하는 마음이 에밀리아를 아프게 하는 것을 내가 막아 주겠소.

오도아르도 전하, 아비는 자신 마음의 걱정을 남과 나누고 싶어하지 않습니다. 저는 지금 상황에서 제 딸애에게 가장 적절한 것이 무엇인지 잘 알고 있습니다. 세상을 멀리 떠나는 것, 수도원 말입니다. 가능한 한 즉시 말입니다.

영 주 수도원?

오도아르도 거기 갈 때까지는 아버지가 보는 데서 울어야 합니다.

영 주 그런 절색이 수도원에서 시들어야겠소? 한 가지 희망이 좌절되었다고 그렇게 세상에 등을 돌려야겠소? 하지만 그 누구도 아버지에게 반대할 수는 없소. 갈로티 대령, 그대가 원하는 곳으로 데려 가시오.

오도아르도　　(마리넬리에게) 자, 어떠시오?

마리넬리　　귀하가 물으신다면!

오도아르도　　아니오, 아니오.

영　주　　두 사람 사이에 무슨 일이 있는 거요?

오도아르도　　아닙니다, 전하. 아무것도……, 다만 우리 중에 누가 전하의 뜻을 잘못 헤아렸나 생각해 보는 겁니다.

영　주　　무슨 문제요? 말해 보시오, 마리넬리.

마리넬리　　전하의 은총을 방해하는 것 같아 죄송합니다. 하지만 우정이 그분을 심판관으로 요구하는군요.

영　주　　어떤 우정 말이오?

마리넬리　　전하, 제가 얼마나 아피아니 백작을 사랑하는지, 우리 두 사람의 영혼이 얼마나 서로 밀착되어 있었는지, 전하께서 아실 겁니다.

오도아르도　　그렇습니까? 진정 전하께서만은 아시겠지요.

마리넬리　　아피아니가 저를 복수해 줄 사람으로 지정했습니다.

오도아르도　　귀하를?

마리넬리　　대령부인에게 물어 보시오. 마리넬리, 내 이름이 죽어가던 백작의 마지막 말이었습니다. 그리고 특이한 말투였소. 살인자를 찾아 징계하는 데 최선을 다하지 않는다면, 이 끔찍한 소리는 내 귀에서 떠나지 않을 겁니다.

영 주　나도 최대한 돕겠소.

오도아르도　좋소. 좋아! 내 가장 애타는 소원이오! 그런데?

영 주　나도 궁금하오, 마리넬리.

마리넬리　백작을 습격한 무리들이 도적들이 아니라 의심을 하는 사람들이 있습니다.

오도아르도　(비웃으면서) 아니라구요? 정말이오?

마리넬리　연적이 그를 없애라고 시켰다는 겁니다.

오도아르도　(격분해서) 뭐, 연적(戀敵)이?

마리넬리　그렇소.

오도아르도　그렇다면 하나님께서 암살자들에게 벌을 내리시기를!

마리넬리　연적이, 그것도 사랑 받는 연적이오.

오도아르도　뭐라고? 사랑 받는? 무슨 말을 하는 거요?

마리넬리　소문이 그렇다는 것뿐이오.

오도아르도　사랑 받는? 내 딸의 사랑을 받는 자라는 말이오?

마리넬리　그건 결코 아니오. 그럴 리 없소. 나도 귀하

못지 않게 그런 견해를 거부하오. 하지만 그럼에도 불구하고 전하, 왜냐하면 아무리 근거가 있다 하더라도 선입견은 정의의 저울에서 전혀 무게가 나가지 않으니까요. 우리는 그 때문에 불행을 당한 에밀리아를 심문하지 않을 수 없습니다.

영 주 그야 물론이지, 하지만.

마리넬리 다른 방도가 있으십니까? 구아스탈라 밖에 심문할 수 있는 곳이 있습니까?

영 주 그대 말이 맞소, 마리넬리. 맞는 말이오. 갈로티 대령, 사정이 달라졌구려. 그렇지 않소? 귀하도 아시겠지만.

오도아르도 알겠습니다. 똑똑히 알겠습니다. 오, 하나님, 하나님.

영 주 왜 그러시오? 무슨 생각을 하는 거요?

오도아르도 지금 당하는 일을 미리 짐작하지 못했다는 것 때문에 화가 날 뿐입니다. 그렇군요. 그 아이를 구아스탈라로 보내겠습니다. 그 아이를 다시 어미에게 데리고 가겠습니다. 그리고 가장 엄격한 조사를 통해 딸애의 무죄가 확인되어 석방될 때까지 저는 구아스탈라에서 떠나지 않겠습니다. (쓴웃음을 지으며) 사직당국이 저를 심문할 필요가 있을지 모르니까요.

마리넬리　있을 법한 일이지요. 이런 경우 사직당국의 활동은 부족한 것보다는 충분한 것이 더 나으니까요. 그래서 또 걱정이 됩니다.

영　주　뭐? 걱정된다고?

마리넬리　어머니와 딸이 만나 이야기하는 것을 당장은 허락할 수 없지 않을까 해서 말입니다.

오도아르도　서로 만날 수 없다고?

마리넬리　부득이한 일이지만 어머니와 딸을 격리시켜야 합니다.

오도아르도　격리?

마리넬리　어머니와 딸과 아버지를 각각 심문할 때는 무엇보다도 신중을 기해야지요, 자비하신 전하. 저는 유감스럽지만 적어도 에밀리아만은 특별 보호할 것을 요청하지 않을 수 없습니다.

오도아르도　특별보호? 전하! 전하! 하긴, 그렇군요, 그래요! 정말 지당한 말씀이군요! 특별보호라구요! 그렇지 않습니까, 전하? 오, 공정함이라는 것이 이 얼마나 정확한가! 훌륭합니다! (손이 단검을 넣어둔 곳으로 향한다)

영　주　(아첨하듯이 그에게로 다가가면서) 마음을 가라앉히시오, 갈로티 대령.

오도아르도　(빈손을 다시 주머니에서 꺼내며 방백으로) 이는 이 자의 목숨을 지켜 주는 천사의 말이로군.
영 주 대령이 오해하고 있구려. 마리넬리의 말을 잘못 이해한 거요. 대령은 특별보호라는 말을 감옥으로 생각하는 것 같구려.
오도아르도 그런 생각을 하도록 내버려 두십시오. 본인은 침착합니다
영 주 감옥이라는 말은 하지 마시오, 마리넬리! 그 말 때문에 법의 검격함과 나무랄 데 없는 도덕에 대한 존경이 쉽게 혼동될 수 있소. 에밀리아를 특별 보호해야 한다면 가장 적당한 보호처를 내가 알고 있소. 재상의 집이오. 반대하지 마시오, 마리넬리! 내가 직접 그녀를 그곳으로 데려 가겠소. 거기서 품위 있는 부인의 손에 그녀를 맡겨 보호를 책임지도록 하겠소. 마리넬리 더 이상 요구하면, 그건 그대가 정말 너무 지나치오. 갈로티 대령, 그대도 재상 가리말디와 그의 부인을 알고 있겠지요?
오도아르도 모를 리 있겠습니까? 그 고상한 부부의 사랑스런 딸들도 압니다. 그 누가 그들을 모르겠습니까? (마리넬리에게) 아니, 관방장, 그렇게 하지 마시오. 딸아이가 보호되어야 한다면, 깊은 지하 감옥에 넣어 주시오. 그것을 강력하게 요구하시

오. 부탁하오. 이런 부탁을 하는 내가 바보겠지! 늙은 바보! 그래 그 착한 지빌레(역주 : 고대 여자 예언자의 이름. 여기서는 오르시나를 가리킨다)의 말이 맞았어. 어떤 일에 대해 이성을 잃지 않은 사람은, 잃을 게 없다고 했던가!

영 주   그대 말을 이해할 수 없구려. 친애하는 갈로티 대령, 내가 더 이상 무얼 할 수 있겠소? 자! 그렇게 합시다. 부탁하오. 재상의 집으로 보냅시다. 내가 직접 데리고 가겠소. 만약 에밀리아가 거기에서 최고의 환대를 받지 못한다면, 내 말이 틀린 거겠지! 하지만 걱정하지 마오. 말 그대로 될 터이니. 이대로 합시다, 이대로! 갈로티 대령, 그대는 원하는 대로 해도 좋소. 우리와 구아스탈라에 갈 수도 있고, 사비오네타로 돌아가도 좋소. 마음대로 하시오. 그대에게 지시를 한다는 것은 우스꽝스러운 일이겠지. 자 그럼 다음에 봅시다, 갈로티. 대령 따라오시오, 마리넬리 늦겠소.

오도아르도   (깊은 생각에 잠겨서) 뭐라고? 내 딸과 말도 해서는 안 된다고? 여기서도 안 되는가? 다 받아들이겠습니다. 대단히 훌륭한 방안입니다. 재상댁은 도덕의 피난처지요. 전하, 제딸을 그곳으로 데려가 주십시오. 바로 그곳으로 말입니다. 하지만 그 전에 제 딸애와 잠시 이야기를 하고 싶습니다. 딸애는 아직 백작의 죽음에 대해서도 모르고, 부모와 왜 떨어져 있어야 하는지 이해할 수 없을 것입니다. 그 아이에게 백작의 죽음을 적절하게 알려 주고 또 이렇게 격리되는 것과 관련하여 그 애를 안심시켜 주기 위해 제가 이야기를 해야만 하겠습니다.

영 주 그렇다면, 오시오.

오도아르도 제 딸애가 저한테 올 수 있으면 좋겠습니다. 여기서 단 둘이만. 금방 끝내겠습니다. 딸애를 보내 주십시오, 자비하신 전하.

영 주 오! 갈로티 대령, 그대가 나의 친구, 나의 인도자, 나의 아버지가 되어 주면 좋으련만! (영주와 마리넬리는 퇴장한다)

제 6 장

오도아르도 갈로티.

오도아르도 (그들을 보낸 후 잠시 쉰 뒤) 왜 그렇게 하지 않겠어? 기꺼이 그렇게 하지. 하! 하! 하! (사납게 주위를 살펴본다) 여기에서 웃는 자는 누군가? 분명히 나였던 것 같군. 옳아! 재미있군, 재미있어! 놀이가 끝나가는군. 이기든 지든! 그렇지만, (사이) 혹시 에밀리아가 그와 놀아났으면 어떡하지? 이 일이 그 흔한 익살극이라면? 내가 저 애를 위해 결단을 내려야 할텐데, 만약 저 애가 그런 결단에 값할 만한 애가 아니라면? 도대체 난 저 애를 위해 뭘 하려는 거지? 나한테 그 말을 할 용기가 있을까? 지금 난 생각 속에서나 가능할 일을 하려는구나, 무서운 일이야! 그냥 가자, 가! 이 애를 기다리고 싶지 않아! 아니지! (하늘을 바라보며) 아무 죄 없는 아이를 이 구렁텅이에 빠뜨린 하나님께서 다시 꺼내 주시겠지. 그분이 무엇 때문에 내 손을 필요로 하시겠는가? 가자! (가려고 할 때 에밀리아가 오는 것을 본다) 너무 늦었구나. 아! 그분은 내 손을 원하시는구나, 내 손을!

제 7 장

에밀리아, 오도아르도.

에밀리아   아니, 아버님께서 여기에? 그런데 아버님만? 어머니는요? 여기 안 계신가요? 그리고 백작님은요? 여기 오시지 않았어요? 왜 그렇게 불안해하시죠?

오도아르도   애야, 넌 대단히 침착하구나?

에밀리아   왜요, 아버님? 아무것도 잃어버리지 않았거나 모든 것을 다 잃었거나 둘 중의 하나 아닌가요? 침착할 수 있다는 것과 침착할 수밖에 없다는 것은 매한가지가 아닌가요?

오도아르도   넌 상황이 어떻다고 생각하느냐?

에밀리아   모든 것을 잃었고 우리가 침착할 수밖에 없다고 생각해요, 아버님.

오도아르도   침착할 수밖에 없기 때문에 넌 침착하다는 것이냐? 너는 누구지? 어린 소녀? 내 딸? 남자인 이 아비가 네 앞에서 이렇게 부끄러워해야 할까? 얘기 좀 해봐라. 모든 것을 다 잃었다는 것은 무슨 뜻이냐? 백작이 죽었다는 것이냐?

에밀리아　왜 그가 죽어요, 왜요! 아버님, 그게 사실인가요? 그럼 제가 어머니의 젖어 있는 사나운 눈을 보고 짐작한 끔찍한 사건이 전부 사실이란 말인가요? 어머니는 어디 계시지요? 어디로 가셨지요?

오도아르도　미리 가셨다. 우리는 따로 뒤따라 갈 거다.

에밀리아　빠르면 빠를수록 좋아요. 백작님이 돌아가셨다면, 그 때문에 돌아가셨다면…… 그 때문에! 우리는 왜 아직도 여기에 있는 거죠? 아버님, 우리 도망쳐요!

오도아르도　도망치고? 그게 무슨 소용이 있겠니. 너는 강도의 손에 잡혀 있는걸.

에밀리아　제가 그의 손아귀에 들어가 있다고요?

오도아르도　더구나 혼자서, 어머니도 나도 없이.

에밀리아　저 혼자 그의 손아귀에 있다고요? 결코 그럴 수 없어요, 아버님. 아니면 아버님은 제 아버님이 아니세요. 저 혼자 그의 손아귀에 들어가 있다고요? 좋아요. 저를 그냥 내버려 두세요. 누가 저를 붙잡는지, 누가 저를 강요하는지. 한 사람을 강요할 수 있는 사람이 누군지 두고 볼 거예요.

오도아르도 애야 너는 매우 침착하구나.

에밀리아 그래요. 하지만 침착하다는 것은 무슨 뜻이지요? 수수방관한다는 건가요? 참아서는 안 되는 것을 참는다는 것인가요?

오도아르도 오냐, 네 생각이 그렇다면! 애야, 너를 안아 주고 싶구나! 내가 늘 이런 말을 했었지. 자연은 여자를 걸작품으로 삼고 싶었는데, 진흙을 잘못 만져서 너무 약하게 만들었다고. 하지만 그밖에는 남자보다 여자가 모든 점에서 낫다고 말이다. 네가 이렇게 침착하니, 이 아비도 너의 침착함으로 인해 침착해지는구나! 너를 안아 주고 싶구나! 생각해 보렴. 지옥의 요술인지 뭔지, 법적 조사라는 핑계로 너를 우리 품안에서 빼앗아 그리말디에게로 데려간다는구나.

에밀리아 나를 빼앗아 가요? 데려가요? 빼앗아 가라고 그래요. 데려가라고 해요! 그렇게 하라지요! 우리에게는 의지가 없는 것처럼 말이에요!

오도아르도 나도 너무 화가 나서 이 칼을 쥐기까지 했단다. (단검을 끄집어내면서) 두 사람 중 한 사람의 심장에 구멍을 뚫어 놓으려고.

에밀리아 절대로 그래서는 안 돼요, 아버님! 생명은 추잡한 자들이 가지고 있는 전부예요. 이 단검을 저에게 주세요.

오도아르도 애야, 이건 머리핀이 아니다.

에밀리아 그래서 머리핀이 단도라도 되었으면 좋겠어요! 상관없어요.

오도아르도 뭐라고? 거기까지 생각이 미쳤니? 아니야, 아니야! 심사숙고해 봐라. 너도 잃어버릴 목숨이 한 개밖에 없다.

에밀리아 순결도 한 개밖에 없어요.

오도아르도 그건 어떤 폭력도 미치지 못하는 것이다.

에밀리아 하지만 어떠한 유혹에도 견디어 내는 것은 아니에요. 폭력! 폭력! 폭력에 저항하지 못하는 사람이 있나요? 폭력이라고 부르는 것은 아무것도 아니에요. 유혹이 진정한 폭력이에요. 아버지 저에게도 피가 있어요. 다른 여자들처럼 따뜻하고 젊은 피가. 제 감각도 감각인 건 마찬가지예요. 저는 아무것도 보장할 수 없어요. 저는 모든 면에 선할 수는 없어요. 전 그리말디의 집을 알아요. 거긴 환락의 집이에요. 어머니의 목전에서라도 거기에 한 시간만 있으면 마음에 너무 심한 요동이 일어나서, 아무리 엄격한 종교훈련이라도 그 요동을 몇 주 안에 진정시킬 수는 없어요. 종교! 어떤 종교였지요? 좋지 못한 사태를 피하기 위하여 수

많은 사람들이 물 속에 몸을 던졌지요. 그들은 성인(聖人)이에요! 저에게 이 단검을 주세요, 아버님.

오도아르도 네가 이 단검의 내력을 안다면!

에밀리아 제가 그걸 모르더라도 주세요! 모르는 친구도 친구예요. 저에게 주세요.

오도아르도 내가 이것을 네게 준다면 자! (그녀에게 그것을 준다)

에밀리아 그럼! (단검으로 자기를 찌르려는 찰나에 아버지가 그녀의 손에서 그것을 뺏는다)

오도아르도 빠르기도 하구나! 아냐, 이것은 너의 손에 잡혀줄 물건이 아니다.

에밀리아 그럼 머리핀으로라도. (그녀는 머리핀을 찾으려고 손을 머리로 가져간다. 그때 머리에 꽂힌 장미가 손에 잡힌다) 네가 아직도 여기 있니? 너도 이제 없어지렴. 너는 아버님께서 나에게 바라시는 여자의 모습에 어울리지 않아!

오도아르도 오, 내 딸아!

에밀리아 오, 아버님. 제가 아버님의 마음을 헤아릴 수 있다면! 하지만, 아니에요. 아버님도 그것을 원치 않아요. 그렇지 않으면 왜 망설이시지요? (괴로운 말투로 말하면서 장미를 꺾는다) 예전에 아버지가 한 분 계셨습니다. 그분은 자기의 딸을 수치에서 구해내기 위해 그녀의 가슴에 칼을 꽂았습니다. 그래서 그녀에게 두 번째 생명을 주었습니다. 그러나 그러한 행위는 예전부터 있지만, 그런 아버지는 이제 더 이상 없습니다!

오도아르도 아니다, 아니야, 내 딸아! (딸의 가슴에 칼을 꽂으면서) 하나님, 제가 무슨 짓을 했습니까!

(쓰러지려는 에밀리아를 자기 팔에 안는다)

에밀리아 폭풍으로 잎이 떨어지기 전에 장미는 꺾인 거예요. 아버님 입맞추게 해 주세요, 아버님 손에.

제 8 장

영주, 마리넬리, 오도아르도, 에밀리아.

영　주　(들어오면서) 무슨 일이오? 에밀리아가 불편한 데라도?
오도아르도　매우 편합니다. 매우!
영　주　(가까이 오면서) 이게 뭐야? 이런 끔찍스런!
마리넬리　맙소사!
영　주　이 잔혹한 아버지여, 이게 무슨 짓인가!
오도아르도　폭풍으로 잎이 떨어지기 전에 장미는 꺾였습니다. 그렇지, 애야?
에밀리아　아버님께서 하신 것이 아니라 제가 직접, 제가 직접했어요.
오도아르도　네가 한 짓이 아니다, 애야. 네가 아냐! 잘못 알고서 세상을 떠나진 말아라. 네가 아니다! 너의 아버지, 너의 불행한 아버지 짓이야!
에밀리아　아, 아버님. (죽는다. 오도아르도는 그녀를 조용히 바닥에 눕힌다)
오도아르도　끌어가시오. 자, 전하! 아직도 저 애가 전하 마음에 듭니까? 아직도 저 애가 전하의 정욕을 자극합니까? 전하에게 복수를 부르짖는 이 피 속에 싸인 이 애가? (잠시 후) 전하는 이 모든 일이 어떻게 되리라 생각하시오? 전하는 혹시 내 행동을 케케묵은 비극처럼 끝맺게 내가 칼을 내 자신에게 돌리리라 생각하시오? 틀렸소, 여기! (단검을 영주 발 밑으로 던진다) 내 범죄의 피묻은 증거물이 여기 있소! 나는 내 발로 감옥에 들어가겠소! 나는 가서 재판관으로서의 전하를 기다리겠소. 그런 후 저 하늘에서 우리 모든 사람들의 재판관이 되신 분 앞에서 전하를 기다리겠소!

영 주 (잠시 동안 말 없이 경악과 절망감에 휩싸여 시체를 바라본 후에, 마리넬리에게) 자 단검을 집어라! 주저하고 있는가? 가련한 자! (그의 손에서 단도를 뺏으면서) 아니다. 너의 피는 이 피와 섞여서는 안 된다. 가서 영원히 숨어버려라! 가라! 하나님! 하나님! 군주가 인간이어서 수많은 사람들의 불행이 초래되는데, 그것도 부족하여 또 악마가 군주의 친구로까지 숨어들어야 하는 겁니까?

레싱의 문학 · 역사 · 사회

1. 레싱과 계몽주의 시대

레싱이 활동하던 18세기는 오토 대제에 의해 시작되어 1806년 나폴레옹에 의해 붕괴한 합스부르크 가문의 신성 로마제국 말기에 해당한다. 당시 독일 땅은 300여 개의 크고 작은 연방국가로 나뉘어 있었다. 그런 양상은 흡사 '괴물'과도 같다고 할 정도로, 각 연방국가 제후들은 휘하의 백성들을 혹독하게 착취하고 있었다. 전 독일인 중 3분의 2가 하층민으로 분류될 형편이었다. 그러나 분명한 것은 그런 엄혹한 현실 밑으로 도도한 변화의 흐름들이 나타나고 있었다는 사실이다. 즉 봉건사회 내부에서 새로운 경제력이 태동하고 근대를 특징지우게 되는 새로운 사회 계급, 즉 상업·금융업 그리고 공장제수공업을 바탕으로 한 자본소유 시민계급이 등장하게 된 것이다. 이 시민계급이 아직은 그 세력이 미미하긴 했지만 그 동안 존재해 왔던 사회적 위계질서를 허물어뜨림으로써 귀족과 시민계급 사이에 긴장이 조성되고 있었다. 시민계급은 극소수에 불과한 귀족들이 정치적·문화적 지배력을 지니며 이것이 신에 의해 인정된 것이라고 주장하는 것을 용납하려 하지 않았다.

대신 그들은 그들의 자주권을 주장했다. ≪에밀리아 갈로티≫를 비롯한 레싱의 〈시민비극〉은 이런 사회적 맥락 안에 들어 있는 것으로 시민계급의 자의식을 반영하고 있다고 볼 수 있다.

이런 사회적 양상은 당시의 선도이념이었던 계몽주의 사상의 영향을 강하게 입은 것이기도 했다. 계몽주의란 사회비판적인 정신태도로 원래 영국에서 주창되어 프랑스를 거쳐 독일로 전파되었고 나중에는 전 유럽으로 확산되었다. 철학자 칸트(Kant)의 〈계몽주의란 무엇인가?에 대한 대답〉이라는 글은 계몽주의를 간략하게 이해하는 단초가 된다. 그는, "계몽주의는 인간 스스로 책임져야 할 미성숙의 상태에서 벗어나는 것이다. 이 미성숙함은 타인의 지도를 받지 않고는 자신의 오성을 이용할 수 없음을 의미한다. (...) 자신의 오성을 활용하는 용기를 지니라!는 말은 그러므로 계몽주의의 표어이다"라고 천명했다. 사물의 처음과 끝을 탐구하는 지식에 있어서 계몽주의가 의거한 토대는 논리적으로 명백하고 올바른 사고행위였다. 또 다른 계몽주의자인 볼테르(Voltaire)[1]는 특히 모든 종교적 권위를 신랄하게 비판하기도 했다. 프랑스에서 라 메트리(La Mettrie)와 홀바하(Holbach)는 아주 급진적인 무신론을 제기했다.

---

1) 그는 프리드리히 2세의 절친한 친구로 독일에 많은 영향을 끼쳤다

오성의 힘에 대한 신뢰는 철학적으로는 진보에 대한 믿음 즉 철학적 낙관주의로, 또 사회철학적으로는 관용(Toleranz) 이념으로 옮겨갔다. 또 모든 인간에게 천부적으로 오성이 주어져 있다는 생각은 인간이 자연법칙 앞에서 모두 평등하다는 평등사상을 낳았다. 문학적인 면에서 합리주의적인 입장과 진보에 대한 믿음이 견지되고 인간을 교육에 의해 개선할 수 있다는 생각이 퍼짐에 따라 비평문과 예술이론의 글들이 현저히 많이 발표되었다. 이런 글들은 대개 문학 규칙의 엄정한 유지와 문학 장르의 명백한 구분 등을 요구했다. 아울러 도덕주의를 표방하는 주보(週報)를 통해서 유용하고 교훈적인 문학이 선호되기도 했다. 그러나 이런 주장은 자기비판이나 새타이어를 통해 편협한 오성 제일주의를 극복하거나 자연적인 천재 재능이 시학 규범을 넘어설 수 있다는 것을 인정할 때 비로소 의미를 지닐 수 있었다. 당시 문학계에선 고훈시(Lehrgedicht), 우화(寓話, Fabel), 그리고 에피그램(Epigramm 짧은 경구시)가 많이 발표되었고, 특히 영국과 프랑스에선 여행소설(스위프트의 《걸리버 여행기》, 데포의 《로빈슨 크루소》 등)과 교양소설이 유행했다.

문학적으로 특이한 점은 17세기까지 유지되던 궁정문학이 그 수명을 다해 폐기되었다는 점이다. 1713년 프로이센의 마지막 궁정 시인이 프리드리히 빌헬름 1세의 취임 직후 긴축정책의 일환으로 폐지되고 말았는데, 이 일은 앞서 말한 변화를 상징적으로 드러내 주는 사건이었다. 이런 궁정문학의 폐기는 특히 독일 내 큰규모의 도시에서 이뤄졌다. 시민극장이 있던 라이프치히, 시민 가극단이 있던 함부르크 등이 대표적인 도시였다. 특히 함부르크에서는 애국협회가 작가들에게 작품위촉을 했으며, 이때 문학의 대상과 목표는 제후의 찬양과 궁정사회의 오락을 위해서가 아니라 시민계급의 가치를 인정하고 시민을 독자적으로 계몽하는 것이었다.

이런 문학기능의 변화와 수용층의 변화는 독서인구가 많지 않음으로 인해 어렵게 이뤄졌다. 18세기 초 대부분의 사람들은 읽기·쓰기 능력이 없었으며, 소수의 사람들도 성서나 기독교 교훈서를 읽는 정도였다. 1770년까지만 해도 가독(可讀)인구는 전체인구의 15%, 1800년 경에야 비로소 25%에 이른 것으로 추정되었다. 그 중에 문학 수용은 전체인구 2,500만 명의 1%인 25만 명 정도였다. 독서층의 확산에 큰 역할을 한 것이 〈도덕주보(週報)〉와 독서회의 결성이었다. 영국의 모델을 따라 18세기 전반기에 독일에서 발행되었던 주보로는 〈성실인(Der Biedermann)〉, 〈애국자(Der Patri-ot)〉, 〈이성의 여교사(Die vernünftigen Tadlerinnen)〉등이 있다. 이런 주보들은 교훈성이 있는 비평문을 게재하고 짧은 통속과학논문, 도덕철학 논의와 연구, 새로운 문학의 방법과 전달방식에 대한 소거 등을 내용으로 하고 있으므로 계몽사상을 전파하고 신정보를 제공한다. 아울러 새로운 독자층을 개발하여 문학교육과 문학시장 형성의 전제조건을 갖추게 함과 동시에 궁정사회와 시민사회 사이에 정보유통이 이뤄지도록 했다. 독서회는 17세기 말부터 독일에 나타났는데, 첫째 기능은 신문·잡지·서적을 싼 비용으로 이용한다는 데 있었다. 그러나 18세기에 와서 이 독서회는 독서와 토론을 통한 의사소통의 기능을 갖게 되었다. 1760~1800년 430여 개의 독서회가 성립되었다는 것은 그 같은 욕구가 엄청났다는 것을 알 수 있다. 그러나 이런 독서회는 회비가 비싸서 귀족이나 부유 시민만 가입할 수 있었고, 소시민과 하층민들은 대출도서관을 이용하기도 했다.

독서시장의 변화는 작가에게도 큰 영향을 끼쳤다. 궁정의 문학기피로 인해 자의반타의반으로 자유문필가들이 등장하게 된 것이다. 이제 그들은 제후와 교회로부터 자유롭게 되었지만 경제적 불안정이라는 장벽에 부딪힐 수밖에 없었다. 당시에는 작가라고 해도 적은 발행부수와 낮은 원고료 때문에 자립할 수 있는 작가가 거의 없었다. 유명작가의 작품이라고 해도 1,000~

3,000부 정도 발행될 뿐이었다. 레싱의 성공작이라고 할 ≪나탄≫의 예약자가 2,000명이었고 클롭슈톡의 ≪학자공화국≫은 6,000부가 인쇄되었다. 괴테의 저작은 1787~90년 한 판당 4,000부가 인쇄되었다. 신문·잡지도 마찬가지였다. 빌란트가 발행했던 가장 유명한 잡지인 〈독일 사자(使者)〉도 2,000부 발행이었다. 여기에 예외가 있었다면 베커(Z. Becker)가 발행한 〈농민 교본(Noth- und Hilfsbüchlein für Bauer)〉이었다. 이 대중잡지는 1788~1811년 100만 부가 인쇄되었는데, 이는 프랑스 혁명 파급을 두려워한 제후들이 반혁명 이데올로기를 전파하기 위해 무료로 배포한 때문이었다. 여하튼 열악한 창작 환경에서 작가들은 다시 귀족의 재정적 지원에 의존하려 하거나 가정교사, 관리 등으로 일하였다. 또 문학활동을 지원하기 위한 제도적인 장치를 마련하려는 시도(빌란트, 클롭슈톡, 헤르더)도 있었으나 실행에 옮겨진 예는 없었다.

작가 활동에 영향을 미친 또 다른 요소는 서적생산과 작가의 급속한 증가였다. 1740~1800년 서적생산은 755종에서 2,569종으로 증가했고, 그 중 순수문학이 중요한 몫을 차지했다. 순수문학의 출판량은 동기간에 16배 증가하여 전체 서적생산 중 5.8%에서 21.5%로 증가했다. 작가의 수는 1766년 2,000~3,000명이었던 것이 1800년에는 1만 명 정도에 이르렀다. 그 중 약 3,000명 정도가 전업작가였다고 한다. 이렇게 서적 생산량이 증가하자 그 유통과정도 시장법칙의 지배를 받게 되었다. 물물교환 형태의 서적 판매가 사라지고 대신 근대적인 출판업자와 서적상인들이 등장했고, 서적에 정가가 매겨졌다. 이에 따라 작가도 일종의 '글 쓰는 노동자'로 변화되고 등급화되었으며, 일정한 출판사에 종속되는 일이 발생했다. 이런 시장종속에의 부자유스러움을 호소하게 된 작가들은 그럼에도 필연적으로 대중의 취미에 어느 정도 순응하거나, 아주 독창적인 내용과 형식을 내보여 주목을 끌지 않으면 안 되었다. 레싱이 부단히 작업을 하고 많은 작품을 발표하였는데도 불구하고 일생동안 내내 궁핍에서 벗어나지 못한 것은 바로 이같은 척박한 여러 조건들 때문이었다고 할 수 있다.

시장법칙보다 작가를 더 부자유하게 만들었던 것은 검열이었다. 독일의 모든 연방국에서는 검열이 행해졌다. 검열의 목적은 두말할 나위도 없이 봉건체제의 유지와 기존의 풍속 유지였다. 오스트리아에서 검열을 관장하던 빈 서적위원회의 한 위원은 1761년 검열을 "국내에서 위험하고 해로운 책들이 인쇄되지 못하도록 감시하는 것"이며 "종교에 위해한 것, 공공연히 도덕을 타

락시키는 것, 국가의 안녕에 위배되는 것, 그리고 통치자에게 마땅히 표시해야 하는 존경의 거부 등이 일절 포함되어 있지 않은" 책들만 인쇄하도록 하기 위한 것이라고 밝힌 바 있다. 이런 검열 때문에 괴체와 격렬한 신학 논쟁을 벌였던 레싱은 나중에 글의 발표를 금지를 당했다. 또 괴체 목사의 영향으로 괴테의 ≪베르테르≫ 역시 독일 일부 지역에서 판금당하였다. 이런 검열은 작가의 작품활동을 물질적 또는 정신적인 면에서 현저히 위축시켰다.

1785년 빌란트가, "출판의 자유는 전인류의 중대 관심사이다. 우리 유럽이 자랑할 수 있는 오늘의 계몽과 문화 및 세련도는 무엇보다도 이 자유 덕이다. 우리에게서 이 자유를 빼앗아 가면, 지금 우리가 향유하고 있는 빛은 곧 사라질 것이다. 무지는 다시 우리를 미신과 폭군의 전제에 내맡기게 될 것이다"라고 지적하며 출판의 자유와 검열의 폐해에 대해서 밝힌 바 있다. 레싱의 ≪에밀리아 갈로티≫의 경우 작품 말미에서 영주는 에밀리아의 죽음을 몰고 온 모든 사태를 마리넬리의 탓인 것처럼 규정한다. 이런 억지스러운 마무리는 순수히 레싱의 작의(作意)라기보다는 당시 왕권에 대한 적나라한 도전이 가져올 불이익을 감안한 레싱 자신의 자기검열의 결과라고도 이해할 수 있다. 당시 권력에 의한 검열에서 자유로울 수 있는 작가는 전혀 없었으며, 이런 상태는 그 후 100여 년 이상 지속되었다. 특히 1789년 프랑스 혁명이 발발한 흐부터 검열은 더욱 강화되었다.

2. 프로이센의 발흥(勃興)

 레싱의 시대에 또 하나의 주목할 만한 현상은 호헨졸레른(Hohenzollern) 가문의 신생국 프로이센이 유럽의 강국으로 등장하기 시작한 점이다. 원래 프로이센이라는 이름은 독일 기사단에서 출발한 동 프로이센의 대공령(大公領) 지역에서 비롯된 것이다. 이 지역의 원주민(프루시 인)은 언어적으로 특수한 발트 어족(語族)이며, 11세기부터 폴란드의 지배를 받고 있었다. 그러나 그 이후 이 지역 주민들이 자주 반란을 일으키자 폴란드의 마조비아 공(公)은 독일 기사단을 초지하여 이곳에 오게 했고, 이 기사단은 이곳을 정복하고 쿨름 등의 도시를 건설하여 독일화하였다. 이 지역의 상황은 부단히 변화하여 17세기 중엽 프로이센 공작령과 브란덴부르크가 통합됨으로써 하나의 공국이 되어 폴란드로부터 완전히 떨어져 나오게 되었다. 그리고, 1701년에는 프로이센의 대(大) 선제후(選帝侯)가 당시 정치역학 관계를 이용하여 신성 로마제국 황제 레오폴드 2세로부터 왕의 칭호를 받아 정식으로 왕위에 올랐다. 그는 원래부터 군사적·정치적인 수완이나 흥미가 없었기 때문에 국내행정에도 별로 성과가 없었고, 북방전쟁에 대해서도 방관하는 태도를 취하였다. 의면적인 호화로움을 좋아하여 궁정연회에 국고를 낭비하였으나, 한편으로는 예술·학문을 애호하여 1694년 할레대학을 창립하였다. 또한, 철학자 라이프니츠의 헌책(獻策)을 받아들여 1700년 베를린에 과학 아카데미를 창설하는 등 문화사적인 공적을 남겼다.

  프로이센의 발흥에 결정적인 계기를 마련한 통치자는 프리드리히 빌헬름 1세(Friedrich Wilhelm I, 1688~1740, 재위 1714~1740)였다. 학예를 애호한 부왕 프리드리히 1세와는 정반대로 그는 부국강병책(富國强兵策)을 강행하였고, 상비군 양성에 전념하여 '군인왕'으로 불렸다. 솔직하며 신앙심이 깊은 검약형으로, 국민의 말단에 이르기까지 국가에 대한 의무관념을 요구하였으며, 가부장적인 국가체제를 이룩하였다. 외교면에서는 스웨덴으로부터 전(前)포메른을 획득(1720년)한 것 외에는 군인왕답지 않게 중요한 전쟁에는 거의 참가하지 않은 채 평화노선을 취하였다. 그가 이루어 놓은 방대한 군대와 풍부한 국고는, 아들인 프리드리히 대왕으로 하여금 강력한 대외정책을 추진할 수 있게 하였다. 황태자시절의 프리드리히 대왕과 충돌이 있었고, 딸인 빌헬르미네(후에 아버지를 비판하는 수기를 발표하였다)와도 성격적으로 맞지 않아 가정적으로는 고독하였으며, 타고난 군인적 기질과 프랑스에 대한 반감에서 새 시대의 서유럽적 시민문화에는 전혀 관심을 보이지 않았다.

프로이센의 확장과 유럽강국으로서의 위치 확립을 이룩한 것은 프리드리히 2세(1712~1786, 1740년부터 재위)였다. 나중에 그의 위업이 높이 평가받아 프리드리히 대왕(Friedrich der Grosse)이라고 불린 그는 소년시절에 프랑스인 가정교사의 교육을 받고 프랑스 문화에 심취하여 독일문화를 경멸하게 되었다. 또한, 프랑스 문학과 플루트 연주에 골몰하였기 때문에 그를 엄격한 무인(武人)으로 키우려는 부왕(父王) 프리드리히 빌헬름 1세의 노여움을 샀다. 그는 또 18세(1730년) 때 어머니의 친정인 영국 궁정으로 탈주하려고 하다가 잡혀 감금당한 후, 사형선고까지 받았다가 형집행을 면하기도 했다. 그러나 자신의 탈출을 도왔던 친구 폰 카테(Hans Hermann von Katte)가 목전에서 처형당하는 것을 지켜보아야만 했다. 그 후 아버지의 명으로 엘리자베스 크리스티네와 결혼하였으나, 이 왕비를 사랑하지 않아 평생토록 가정적으로는 불행하였다. 이 무렵에 라인스베르크 별궁(別宮)에서 문학과 역사 및 음악공부에 몰두하였고, 프랑스 계몽주의자 볼테르와 서신 왕래를 하며, 그의 지도로 <(反)마키아벨리론(論)>이라는 논문을 쓰기도 했다. 그는 이 논문에서 이탈리아의 정치가이며 사상가였던 니콜로 마키아벨리를 비판적으로 연구하고 계몽주의 원칙에 따라 평화적으로 통치하는 방안을 옹호하고 나섰다. 통치자는 '국가의 제1공복'으로서 주권적이지만, 근본적으로 그 백성의 복지를 책임져야 한다고 하였다. 그리고 계몽 절대주의 통치의 예를 적기도 했다. 이 시기에 왕세자 프리드리히는 비로소 부친의 통치학을 제대로 평가할 수 있었고 부친과 완전히 화해할 수 있었다.

프리드리히 2세는 국왕으로 즉위한 후에는 준열한 현실 정치가, 엄격한 군인의 일면을 발휘하여 아버지에게 물려받은 풍부한 국고와 방대한 군대를 활용하여 강력한 대외정책을 추진하였다. 우선 즉위한 바로 그해 (28세) 제위상속(帝位相續)을 빙계 삼아 전쟁(제1차 쉴레지엔 전쟁, 제2차는 1744~1745년)을 일으켜 전 유럽을 놀라게 했다. 왕은 이 전쟁을 통해 경제적 요지인 슐레지엔을 병합하고 그 지역을 대대적으로 개발하였다.

오스트리아의 여제(女帝) 마리아 테레지아는 슐레지엔 탈환을 꾀하여 숙적인 프랑스와 우호관계를 맺었고, 러시아 여제 엘리자베타도 대왕을 미워했기 때문에 프로이센은 고립상태에 빠졌다. 때마침 영국·프랑스 사이에 식민지 전쟁이 일어나자 대왕은 영국과 동맹을 맺

〈1806년의 프러시아〉

고 기선을 잡아 작센에 군대를 침공시킴으로써 7년전쟁(1756~1763)이 일어났다. 이때 레싱은 유럽 순회 여행을 떠났으나 이 때문에 여행을 중단하고 작센의 라이프치히로 돌아왔다. 대왕은 오스트리아·프랑스·러시아의 3대 강국을 상대로 잘 싸웠으나 군사력의 부족으로 전황이 불리해졌고, 영국의 원조마저 소극적이었기 때문에 몹시 궁지에 몰렸다. 그러나 1762년 러시아의 엘리자베타 여제가 죽고, 프리드리히 대왕을 숭배하는 표트르 3세가 즉위하여 연합전선에서 이탈하는 기적 같은 일이 일어나 전황이 프로이센에 유리한 쪽으로 급변했다. 그러자 프리드리히 2세는 오스트리아와 후베르투스부르크 화약(和約)을 맺어 쉴레지엔에 대한 지배권을 다시 한번 확정지었다. 그 후 폴란드 분할(1772)에 참가하고, 바이에른 계승전쟁(1778)에 참전한 것 외에는 대외 평화정책을 지키면서 유럽의 강국으로서 프로이센의 국제적 위치를 확고히 했고 결과적으로 독일인들의 민족의식을 고양시켰다.

　레싱보다 17년 연상인 프리드리히 2세는 평생 예술과 학문을 발전시키는 데 노력을 기울였다. 그가 통치하던 시기에 프러시아 학술원은 명실공히 연구와 교육, 그리고 계몽주의 사상체계의 중심지가 되었다. 왕은 즉위 즉시 볼테르를 비롯한 프랑스 계몽주의자들을 학술원에 초치했다. 또 왕은 궁내건축가 크노벨스도르프(Knobelsdorff)로 하여금 상수시 궁전을 조성토록하고 자신의 설계도에 따라 궁궐을 짓도록 했다. 그 외에 왕은 자신의 종교적 관용을 과시하기 위해 베르린에 카톨릭 교회당인 헤드빅히스 성당(Hedwigskirche)을 건축하기도 했다. 유감스럽게도 독일어 문학을 하찮게 여긴 왕은 프랑스 어문학을 선호하고 또 스스로 프랑스 어로 대단히 많은 글을 썼다. 1846~1857년 쓴 글이 30여 권의 전집으로 묶일 수 있을 만큼 그의 글쓰기는 대단히 생산적이었다. 또 뛰어난 플루트 연주자이기도 했던 왕은 많은 플루트 곡을 직접 작곡하여 남겼다. 1786년 프리드리히 왕은 그가 조성한 상수시 궁에서 세상을 떠났다.

　레싱의 시대는 곧 프리드리히 대왕의 세계였다. 레싱이 처녀작을 라이프치히에서 발표했을 때(1748년)는 이미 쉴레지엔 전쟁이 끝난 후여서 라이프치히가 프로이센의 영향 하에 놓여 있었다. 그가 젊은 시절 활동했던 무대도 베를린의 저널리즘 세계였던 것을 생각하면 프리드리히 대왕의 울타리 안에서 움직였다고 할 수 있다. 그의 ≪에밀리아 갈로티≫의 중심인물인 마리넬리의 형상화도 당시 궁정 행정인을 염두에 둔 것으로 볼 수 있으며 오도아르도를 통해서 드러나는 저항적인 시민의식도 그 시대의 분위기와 무관한 것은 아닐 것이다. 또 ≪민나 폰 바른헬름≫도 바로 프리드리히 대왕이 일으킨 7년전쟁을 배경으로 하고 있다. 1779년에 발행되어 큰 호응을 얻은 ≪현자 나탄≫이 베를린에서 발행되어 그의 사후 2년인 1783년에 베를린에서 시연된 것도 왕의 종교적 관용이 바탕이 된 것이라고 할 수 있다. 또 대왕이 초빙한 볼테르와의 불편한 관계는 그의 극작론에서 프랑스 연극보다 영국에서 그 배울 점을 찾아야 한다는 기본 테제에 영향을 끼쳤을 것으로 보이며, 프로이센의 유럽 강국으로의 자리매김은 그때까지 이류 문학으로만 치부되던 독일문학에 대한 자의식을 문인들에게 심어 주었을 수도 있었을 것이다. 그런 의미에서 프리드리히 대왕이 직·간접으로 당대의 문학에 끼쳤을 영향을 과소 평가할 수 없다고 필자는 추단한다.

3. 레싱의 삶의 궤적

〈고트홀트 에프라임 레싱〉

고트홀트 에프라임 레싱(Gotthold Ephraim Lessing 1729~1781)은 루터 파 목사의 아들로 작센 지방의 카멘쯔(Kamenz)시에서 12형제 중 세 번째 아이로 태어났다. 많은 형제들 중 5명은 일찍 세상을 떴다고 한다.

부친은 요한 고트프리트(Johann Gottfried), 모친은 유스티네 살로메(Justine Salome·원래 모친의 성씨는 Feller)였다. 양가 집안은 모두 목사와 법률가 출신이었다. 부친은 대단히 정통교리주의자에 학식이 있고 논쟁적이며 또 가부장적이고 사교적이었다. 부친의 이런 특징은 레싱에게 강하게 작용하였다.

부친은 1734년부터 카멘츠 시의 주임목사로 근무했고 목사직 외에 학자의 일도 담당했던 바 루터 파 교리를 강하게 견지하는 많은 교육적인 글과 역사에 관한 글, 그리고 기독교를 옹호하는 글들을 집필했다. 레싱은 부친에 대해서 존경심을 갖고 있었고, 서로 불화한 시기에도 이는 변함이 없었다. 레싱의 쉽게 자극을 받는 기질도 부친으로부터 물려받은 것이었고, 그의 부성(父性)이나 가부장적인 상흔도 그의 부친 때문이라고 할 수 있다.(예컨대 레싱은 쿠친이 작고한 직후 함부르크의 목사 괴체와 격렬한 신학 논쟁을 벌인다) 레싱이 부모의 가정분위기에 대해서 격렬한 거부감을 가졌던 것, 그리고 이런 이유로 인해 많은 목사 집안 출신의 반항적이고 자유분방한 젊은이들의 모상(模像)이 되었던 것도 본질적으로는 부친으로부터 물려받은 고집스러운 성격 때문임은 부인할 수 없다.

1741년 레싱(12세)은 작센 공국의 마이센에 있는 선제후 설립학교인 성 아프라 김나지움에 입학했다. 일종의 엘리트 기숙학교로 매일 10시간의 학과공부, 일요일에 7시간의 예배, 그리고 무(無) 방학 등의 방식으로 학생들을 엄격하게 교육시켜 학생들에게 고대 언어(그리스어, 히브리어)와 문학(그리스·로마 문학)에 관한 지식을 풍부하게 전수했다. 당대의 언어 문학도 교육과정에서 빠지지 않았다. 이때 로마의 극작가 플라우투스와 테렌시우스에 심취하였던 레싱은 그들을 창작 활동의 한 계기로 삼았다. 레싱은 이 학교에서 대단히 우수한 학생으로 평가 받았지만, 그 자신은 이 과정을 지극히 비판적으로 평가했다.

1746년 레싱(17세)은 목사인 부친의 영향 아래 라이프치히 대학 신학부에 등록했지만 주저하지 않고 정규 수업 과정에서 벗어나 문학·철학·예술분야의 공부에 몰두하여 보헤미안적인 글쟁이 생활에 빠져들었다. 당시 그는 재능 있는 여배우 카롤리네 노이버가 이끄는 노이버 극단 연극에 심취하였다. 또 노이버의 관심을 끌어 여자 배우들과의 교제에 즐거움을 느낀 나머지 '독일의 몰리에르'를 꿈꾸며 일련의 청년기 작품들을 쓰기 시작했다. 그때 써서 성공한 최초의 작품이 ≪젊은 학자(Der junge Gelehrte)≫(1848)였다. 라이프치히 시절의 레싱은 결코 나태하지 않았으며 뚜렷한 목표를 향하여 매진하는 모습을 보여 주었다. 그러나 이런 적극적인 삶과 상관없이 그는 돈이 궁했고 이는 그의 일생동안 계속되었다.

1748년 레싱(19세)은 연극활동에 반대하는 부모 때문에 잠시 고향인 카멘츠로 돌아가야 했으나 의학을 공부하겠다고 부모를 설득해 라이프치히로 돌아왔으나, 자신도 채무가 많은 터에 노이버 극단 단원들의 빚 보증을 섰다가 곤경에 처하게 되었다. 극단 마저 해체되

〈레싱의 활동무대였던 라이프찌히가 자리잡고 있는 작센 주〉

어 버리자 빚쟁이들을 피해 라이프치히를 떠날 수밖에 없었다. 그리고 당시 프리드리히 2세 치하에서 점차 막강해지고 있던 프로이센 왕국의 수도로 계몽주의 저널리즘이 꽃피고 있던 베를린에 모습을 나타냈다. 여기에서 사촌인 크리스트로프 밀리우스의 도움으로 일자리를 찾아 보려는 생각에서였다. 당시 밀리우스는 정평있는 편집인으로 활동하고 있었다. 그의 도움으로 레싱은 <베를린 특보(Berlinische Privilegierte Zeitung)>[2]에서 처음에는 비평가, 나중에는 전문 편집인으로 일을 하게

---

2) 이 신문은 후에 <포시 신문(Vossische Zeitung)>으로 제호가 바뀌었다.

되었다. 그는 그 동안 수많은 서평(1751년 한 해에만 100편 이상의 서평)을 쓰고 또 스페인어, 영어, 프랑스어, 라틴어 텍스트를 번역하기도 했다. 청탁을 받기도 했고, 또 자신이 관심을 가지고 이런 번역 작업을 했으므로 그 양은 거의 1,000쪽이 넘는 분량에 이르렀다. 아울러 그는 극작 작업도 열심히 해가며 독일 최초의 연극 잡지, <연극문고(Theatralische Bibliothek)>를 자신의 힘으로 창간했다(이 잡지는 4권을 내고 폐간되었다). 이를 통해 레싱은 당시 유행을 일으키고 있던 '감상극·(感傷劇 Rührstück)'의 장단점을 분석하고 직접 이런 류의 작품을 쓰기도 했다. 그런 작품이 바로 ≪유대인들(Die Juden)≫(1749), ≪자유사상가(Der Freigeist)≫ 등의 작품이다.(1749) . 1751~1752년 비텐베르크에서 의학학위를 취득하고 베를린으로 돌아온 레싱은 레싱의 활동무대였던 라이프치히가 자리잡고 있는 작센 주에서 아나크레온 유파적인 서정시집 ≪사소한 것들 (Kleinigkeiten)≫을 발표했다. 이는 당시 젊은 문인들 사이에 통용되던 유행 같은 것으로 다양한 지식을 습득하는 젊은 학창 시절을 마감한다는 의미를 띤 것이기도 했다. 여기 실린 시들은 아주 매혹적이긴 했지만 엉뚱하게도 게으름을 찬양하는 대목도 있었다. 또 첫 번째 우화집(寓話集)과 많은 비평문이 함께 엮이자 레싱은 24세의 이른 나이로 작은 부피이긴 했지만 자신의 전집(全集)을 출간하게 되었다. 1755년에 완성된 이 전집에 실린 작품 중의 하나가 독일 최초의 시민비극인 ≪미스 사라 삼프손(Miss Sara Sampson)≫(1755)이다.

베를린 활동은 그에게 중요한 갈림길을 제공했다. 당시 프리드리히 대왕의 초빙으로 포츠담에 머물고 있던 볼테르와의 불화가 그것이었다. 레싱은 볼테르와 교류하며 ≪풍속론≫을 번역할 생각을 했는데, 왕궁에서 다이아몬드와 관련된 불미스러운 '사기' 사건이 일어난 것과 관련하여 그 소송에 레싱이 말려들게 되었고, 이 때문에 계몽철학의 군주라 일컬어졌던 프리드리히 2세의 왕궁에 발을 들여놓을 수 없게 된 것이었다. 그러나 이것이 꼭 레싱에게만 해당되었던 일은 아니었다. 프랑스 문학과 철학에 경도되어 있던 왕은 도대체 독일 문학작품과 작가에 대해서 높은 평가를 해주지 않았기 때문이다. 이 일은 레싱으로서는 차라리 일찍이 자신의 마음을 정리할 수 있는 계기가 되었을 수도 있었다. 레싱은 이제 보다 확고하게 왕이 중심에 서있는 프랑스 궁정식 계몽주의에 대해서 독일의 시민적 계몽주의를 맞세울 수 있게 되었고 상수시 궁정을 지배하는 상명하복(上命下服)식 사고를 평범한 커피 하우스의 평등한 사고로 대체시키려 하였다. 또 이는 볼테르와 모페르튀(프리드리히 2세가 세운 아카데미 원장)가 대표하는 프랑스의 직업적 학식에 대해서 당대 토착 독일인 철학자인 모세스 멘델스존(Moses Mendelssohn)[3])과 작가이자 출판가인 니콜라이(Christoph Friedrich Nicolai)가 대표하는 독일적인 독학에 의한 학식을 대비시키는 것이기도 했다.

1756년 레싱(27세)은 라이프치히의 부유한 상인과 함께 교양을 넓히기 위한 유럽 순방 여행을 떠났다. 그러나 암스테르담에 이르렀을 때 프러시아가 작센 공국을 군사력으로 점령하는 사태가 벌어지자 그는 여행을 중단하고 돌아올 수밖에 없었다. 이 여행 도중에 시작되어 이어진 멘델스존, 니콜라이와 교환한 서신집은 독일 최초의 비극론이 된 ≪서신 비극론(Briefwechsel über Trauerspiel)≫이었고, 그 후 연이어 문학이론에 관한 글들을 발표하였다. 3년 동안 하이프치히에서 지내며 작가 폰 클라이스트(Ewald Christian von Kleist)와 깊은 우정을 나눈 후 1758년 5월 베를린으로 돌아온 레싱은 1759년 멘델스존과 니콜라이와 힘을 합쳐 문예잡지, ≪신(新)문학 비평서간(*Briefe, die neueste Litteratur betreffend* · 1759~1765)≫을 창간하여 발행하였다. 이 잡지는 당대 문단의 선도적인 잡지로 자리

---

3) 열렬한 유대인 해방주의자였으며, 레싱의 대표작인 ≪현자 나탄≫의 모델인물이다.

를 잡았고, 여기에 레싱은 당대 문학에 대한 많은 중요한 비평문을 게재하였다. 이 시기는 언론인으로서의 전성기였고 동시에 그 막바지였다.

이때 레싱은 베를린의 활발하고 날렵한 도시 정신에 자극을 받아 또 다시 여러 가지 일들에 매달렸다. 산문체 우화집을 내고 파우스트 소편(小片)을 썼으며 사전(辭典) 편찬 계획을 세우기도 했고 7년전쟁 체험을 근거로 한 단막 비극 ≪필로타스(Philotas)≫(1759)을 익명으로 발표하였다. 또 디드로(Diderot)를 비판적으로 분석함으로써 자신의 극작론을 더욱 심화시켰다. 그 과정에서 그는 프랑스의 의사 고전주의를 맹렬히 비판하며 프랑스 드라마보다는 셰익스피어 드라마가 독일 문학 전통에 더 적절한 모델이 될 수 있다고 여러 차례 강력하게 주장하였다. 이런 활동을 통해 결과적으로 레싱은 독일 문학이 프랑스 문학의 위압적인 영향에서 벗어나게 하는 데 크게 기여했다고 할 수 있다.

수많은 작업을 하여 많은 업적을 내기는 했지만 레싱은 여전히 물질적으로 어려운 상태였다. 체념과 피곤함의 기미를 느꼈던 그는 1760년(31세) 프러시아가 장악한 슐레지엔 지역을 다스리는 사령관으로 부임하는 폰 타운엔치엔(Bogislaw von Tauenzien) 장군의 군속 비서가 되어 거주지를 블레스라우(현재 폴란드의 블로크라프)로

옮겼다. 괴테는 레싱이 여기에서 보낸 6년 동안의 생활을 '여관생활(Wirtshausleben)'이라고 비난하기도 했지만, 실상 레싱은 브레슬라우 도서관에서 철학과 미학을 공부하여 <라오콘 혹은 회화와 문학의 한계에 관하여(Laookon oder über die Grenzen der Malerei und Poesie)>(1766)라는 뛰어난 논문을 탄생시켰고, 독일의 뛰어난 희극 중의 한편인 ≪민나 폰 바른헬름(Minna von Barnhelm)≫(1767)을 준비한 시기이기도 했다. 한편 이 시기 동안 레싱은 돈과 시간에 있어 약간 여유가 있었던 것 마냥 카지노와 게임테이블에 모습을 나타내기도 했고 제법 규모가 큰 서관(書館)도 마련했다(이 서관은 5년 후 손해를 보고 매각했다).

1765년 레싱(36세)은 심한 질병을 앓고 난 후 다시 베르린 친구들 곁으로 돌아왔다. 그 후 그는 ≪라오콘≫과 ≪민나 폰 바른헬름≫을 완성하여 발표하였다. 두 저작물은 큰 성공을 거두었다. ≪라오콘≫은 유럽의 지식인 사회에, ≪민나≫는 독일의 연극관객에게 좋은 반응을 얻었다. 레싱은 이제 이 희극을 통해 독일 국민에게 진정한 독일 현실 문제를 담은 심도 있는 작품을 선사한 것이었고, 이를 통해 독일 국민을 대표하는 비평가 레싱이 독일 국민을 대표하는 작가 레싱으로 변신했다고 할 수 있다. 적어도 괴테의 ≪베르테르의 열정≫

(1774)이 발표될 때까지는. 이런 성공을 거두었음에도 레싱은 베를린에 안정된 거주를 확보할 만한 물질적 조건을 갖추지 못했다. 그는 내심으로 궁정 도서관장의 봉직을 원했지만 예전에 볼테르와의 반목 때문에 프리드리히 2세는 그의 소망을 들어 주지 않았다. 그래서 그는 또 다시 희망에 부풀어 그러나 확신 없이 하나의 야심찬 계획에 뛰어들었다. 1767년 함부르크의 몇몇 사업가들이 기금을 조성하여 세운 국민 극장의 전속 드라마투르그 겸 전속 극작가로 일해 달라는 제의를 받아들인 것이었다. 그의 나이 38세 때였다. 상당한 대우를 받은 그의 직책은 그러나 단 1년 밖에 유지되지 못했다. 관객 수입은 들어오지 않고, 연극배우들에게는 자질 향상과 새로운 방향 모색이라는 짐이 과중하게 부여됨으로써 실패로 끝나고 만 것이다. 또다른 계획인 작가 조합 출판사 시도도 결과는 마찬가지였다. 이런 시도 뒤에 남은 것은 빚과 새로운 친구들 외에 50여 편 이상의 공연에 대한 비평문을 담은 ≪함부르크 극작론(Hamburgische Dramaturgie)≫(1767~1769)이었다. 대단한 문학적 업적이었지만 그것은 인생 전체를 담보한 실패라는 어두운 전망과 함께한 업적이었다. 레싱은 이 사태를 로마로 도피하려는 계획으로 반응했다. 고고학 연구를 한다는 것을 핑계로 삼았다. 그때의 산물이 ≪

고고학 서간(Briefe antiquarischen Inhalts)≫(베를린 1768~1769. 2권)과 ≪고대인의 죽음 형상화(Wie die Alten den Tod gebildet)≫(베를린. 1769)였다.

1770년 레싱(41세)은 빙켈만의 흔적을 쫓아 영원 도시, 로마로 가는 대신 소도시 볼펜뷔텔 대공 도서관 사서직을 얻어 그곳으로 옮겨가서 스피노자 연구에 매달렸다. 이 옮겨감은 젊은 시절의 고독한 책읽기 시대로 되돌아감을 의미했다. 그는 이 고독을 넘어서기 위해 그 생애의 가장 격렬한 신학 논쟁에 뛰어들게 되며 또 그 동안 이루지 못했던 결혼 생활을 시도하게 된다. 1776년 10월 레싱(47세)은 오랫동안 교분이 있던 함부르크 사업가의 미망인인 에바 쾨니히(Eva König)와 결혼을 하였다. 교양 있고 마음 푸근한 이 여인과의 결혼 생활은 에바가 산욕으로 세상을 뜸으로서 14개월 만에 끝나고 말았다. 다른 일들도 잘 풀리지 않았다. 빈, 드레스덴, 또는 만하임의 대학으로 옮겨가려 했지만 뜻을 이루지 못했고, 대신 1775년 브라운쉬바이크 공국의 왕자를 모시고 원하지도 않은 이탈리아 여행을 하였다. 이 여행에 대해서는 얇은 여행 메모장과 한탄의 내용이 담긴 편지 몇 장밖에 남겨진 것이 없다. 이때부터 소외에 대한 공포감과 만성 질환이 레싱을 괴롭혔지만, 그것이 그의 표현욕구와 비판정신을 억누를 수는 없었다.

레싱은 오히려 제후의 봉록에 안주하지 않고, 괴테의 표현처럼, '제후들을 향한 창(槍)'과도 같은 ≪에밀리아 갈로티(Emilia Galotti)≫(1772)를 발표하여 다시 한번 독일 국민의 작가임을 증명해 보여 주었다.

그 이후 레싱은 마지막 남은 정열을 거대한 논쟁의 장(場)에 쏟아부었다. 이번에는 교조적인 프로테스탄트 신학을 겨냥한 논전(論戰)이었다. 이 서전(序戰)에 해당되는 것은 1770년에 발표한 이단 신학자 베렌가르 폰 투르스(Berengar von Tours)에 관한 글인 ≪베렌가리우스 투로넨시스(Berengarius Turonensis·브라운쉬바이크 1770)이었다. 이 글에서 레싱은 1750~1754년에 쓴 바 있는 ≪변명(Rettung)≫의 기조를 되살린 것이었다. 이 변명은 종교개혁 시절 중상모략을 당해 부당한 박해를 받았던 작가와 자유주의 사상가를 옹호한 글이었다. 논전의 결정적인 대목은 그러나 함부르크의 오리엔트 학자 마리우스(Hermann Samuel Marius)의 유고(遺稿)에서 레싱이 성서 비판적인 글을 편집하여 출간한 ≪한 익명의 단편(Fragmente eines Ungekannten)≫ (1774~1777)이었다. 레싱은 마리우스의 글에 대해 비판적인 태도를 취함으로써 이 글에 대한 공개적인 논쟁을 유도할 생각이었다. 그러나 신학자들은 이 책의 출판 자체를 정통 그리스트 교에 대한 정면 도전으로 받아들였다. 레싱에 대한 대항 논객의 수장은 함부르크 주임 목사인 괴체(Johann Melchoir Goeze)였다. 괴체는 분노에 찬 음성을 담은 독선적인 논조로 레싱을 공격해 왔고, 이에 대해 레싱은 일련의 반박문을 1777년 12월부터 1778년 7월 사이에 온갖 정열을 다해 집필하여 발표하였다(11편의 글은 모두 익명으로 발표되었다). 그러나 브라운쉬바이크 공국 대공이 교회의 압력을 받아 레싱에게 허락했던 사전 검열 면제의 권리를 박탈해 버렸다. 레싱은 여기에서 포기하지 않았다. 바로 연극이라는 〈단상〉을 통해서 논쟁을 이어가려 한 것이었다. 그 작품이 바로 ≪현자(賢者) 나탄≫이었다. 이 작품은 출간된 1779년 한 해에 벌써 3판이 거듭되었고 얼마 있다가 영어, 홀란드어, 프랑스어 판이 번역본으로 등장했다. 그러나 이 작품은 '상수시 궁(宮)의 현자'(프리드리히 2세 대왕을 우회적으로 표현한 것)에게는 도달하지 못했다.

레싱은 자주 열병에 시달리고 또 자신의 '정신적인 유동성'을 잃게 되지 않을까 하는 두려움 때문에 주요 저작물들을 완성하는 데 온 기력을 집중시켰다. 그의 동시대 많은 지성인들처럼 레싱 역시 '프리메이슨 결사'(독일어로는 'Freimaurer'라고 한다)의 일원이었는데, 거기에서 만족할 수 없었던 레싱은 그의 대화록 <엄숙함과 매(Ernst und Falk)>에서 프리메이슨 결사에 대한 자신의 견해를 피력했다. 1780년에는 아직 미완 상태에 있던 대작, ≪인류의 교육(Erziehung des Menschengeschlechtes)≫을 마침내 완성했다.

레싱의 나이 52세 때의 일이다. 괴체와의 신학 논쟁이 있은 후부터 레싱이 신을 모독한 자라는 소문이 나돌았다. 이 점이 그를 괴롭혔다. 그럼에도 그때까지 그를 극진히 여기는 친구들이 주위에 남아있었고, 사랑하는 양녀 아말리에는 심하게 병을 앓고 있는 레싱의 곁을 지키며 몇 달 동안 내내 보살폈다. 결국 레싱은 양녀가 보는 가운데 브라운쉬바이크에서 세상을 떠났다. 1781년 2월 15일 저녁 8~9시의 일이었다.

4. 레싱의 중요 드라마

레싱은 의심의 여지가 없이 위대한 연극인이었다. 레싱은 그 이전까지만 해도 아류적인 수준에 머물고 있던 독일 연극을 자신의 작품활동과 연극비평 활동, 그리고 연극론 정립을 통해 유럽 정상의 수준으로 끌어올린 공로자였다. 또 그 이후 〈연극 마니아〉 시대였던 괴테 시대를 준비한 장본인이기도 하다. 이 과정에서 그가 주창한 '국민극장(National-theater)'이라는 개념은 레싱이 20세 되던 때부터 형상화되기 시작한 계몽주의적 의도에서 본다면 전혀 새로운 것이 아니었다. 레싱은 자신의 선배격인 고체트(Gottsched)를 전혀 인정하려 않으려 했지만, 이 고체트가 1730년 역시 라이프치히에서 시도했던 연극개혁 방안의 또 다른 반복이기도 했다. 고체트는 연극의 도덕적 환기력과 개연성의 규칙에 입각한 드라마 장르의 토대를 말한 바 있었는데, 레싱은 고체트의 이 주장을 거의 그대로 수용했다. 그러나 비극과 희극을 신분에 따라 구분한 개념정립이나 프랑스 의사 고전주의를 본뜬 문체규칙이나 품위규칙 등은 받아들이지 않았다. 그는 프랑스 작가들의 모방을 피하는 대신, 고대 연극이나 당대 영국 연극에 의거한 방향모색을 꾀했다. 이는 (플라우투스, 세네카, 톰손, 드라이든 등에 관한) 수많은 평문과 그의 번역 작업(꼬르네유, 리코보니, 겔레르트 등)을 통해 구체화되었다. 레싱의 창작에 중요했던 것은 이탈리아의 '코미디아 델 아르테'와 당시유행이었던 <감상극(感傷劇, weinerliches Lustspiel)>이었다. 앞의 것에서 레싱은 우스꽝스러운 것의 새로운 측면을 발견했고, 뒤의 것에서는 연극을 시민계급의 것으로 만들 수 있는 새로운 방법을 감지했다. 이 점이 바로 시민계급 속성의 공통 특성이랄 수 있을 터인데, 레싱은 오직 코미디(희극)에서 그런 속성이 온전히 펼쳐진다고 생각했기 때문에 코미디에 열중했던 것이다. ≪젊은 학자(Der junge Gelehrte)≫(1748)에서 레싱은 단 한 번 고체트가 표방한 전통적인 악덕 비판 연극(Verlach-Komödie)을 모방한 적이 있었다. 그러나 표현 대상을 비판적, 자기비관적으로 선택했다는 점에서 새로운 면을 지니고 있었다.

1749년부터 레싱의 입장은 전혀 반대방향의 경향을 띠게 된다. 우스꽝스러운 국외자를 관객 비웃음의 제물로 삼는 식이 아니라, 관객들로 하여금 그런 국외자들에 대해서 지니고 있는 자신들의 편견을 확인시켜 주는 방향으로 나아갔다. 이와 더불어 레싱의 일관된 주제인

'관용 Tleranz'과 '구원'이 드라마 안에 용해되도록 했다. 따라서 ≪자유사상가≫에서는 무신론자들이 반드시 몰(沒) 도덕주의자들인 것은 아니고, 또 신앙인이 반드시 비(非) 관용적인 것은 아니라는 것을 보여 준다. 작품의 마무리 단계에서 판정이나 마음의 뒤바뀜이 나타나는 식이 아니라 이성적 통찰이나 우의(友誼)가 나타난다. 이럴 때 아주 현명한 여자 하인이 뒤엉킨 사랑의 관계에서 매듭을 풀어 주는 경우도 배제하지 않는다.(이렇게 하위 위치에 있는 형상인물이 자유스러움을 가져다 주는 점이 레싱 드라마의 중요한 특징 중의 하나이다.) 그의 단막극 ≪유대인들≫(1749)은 <진지한 코미디(die ernste Komödie)>와 엄격한 편견비판의 방향으로 한 걸음 더 나아가고 있는 작품이다. 이 작품에서 레싱은 통상 총괄적으로 이뤄지는 종족이나 종교에 대한 판단들을 예로 들어 관객들의 기독교 사고방식 속에 들어있는 이상과 현실 사이의 모순을 내보여 준다.

레싱의 비극론은 희극론을 보완하는 개념이다. 그로서는 이 비극론을 쓰는 것이 희극론에 비교할 수 없을 만큼 어려웠다. 1749년 스위스의 저널리스트 사무엘 헨치의 봉기와 처형을 다룬 작품을 쓰다가 만 적이 있었다. 중단 이유는 추측건대 이 소재의 정치적인 함의가 너무 컸기 때문이었으리라. 이는 레싱이 생각하는 비극성과도 관련된다. 그는 진정한 시민적 비극성은 사생활의 영역에서 완성되는 것이며, 정치적 요소는 본질적인 것이 아닌 기껏해야 부수적인 것이라고 생각했기 때문이다. 여기에 해당되는 소재를 레싱은 ≪미스 사라 삼프손≫(1755)에서 형상화하고 있다. 이 작품은 영국의 <가정극(Domestic Tragedy)>을 모범으로 삼아 만들어진 감상극이다.

자유분방한 멜로폰트는 정숙한 처녀 사라 삼프손을 유혹하여 시골로 숨어 들어간다. 9주 동안 어느 여관에 묵게 되지만, 구속을 받고 싶어하지 않은 멜로폰트는 정식 결혼을 회피한다. "사라 삼프손, 나의 연인이여! ― 이 연인이라는 말 속에 얼마나 엄청난 행복함이 숨어있는가! ― 사라 삼프손, 부인이여! ― 부인이라는 말에서는 그 행복감의 절반이 사라져 버리오!" 그러나 이전 연인이었던 마르우드가 멜로폰트를 되찾으려고 홀연 두 사람이 숨어 있는 곳에 모습을 나타낸다. 이 마르우드는 두 사람을 추적하는 과정에 멜로폰트와 자신 사이에 태어난 어린 딸 아라벨라와 (딸의 도피로 인해 마음의 상처를 크게 입은) 사라의 아버지 윌리엄 삼프손 경(卿)을 끌어들여 함께 찾아온 것이다. 멜로폰트는 마르우드에게 자신이 돌아가지 않을 것이라고 분명히 밝힌다. 이어 멜로폰트는 사라에게 마르우드의 이름을 숨긴 채 그녀를 소개한다. 마르우드는 사라와 이야기를 나누던 중 자신의 정체를 밝히게 되고 이에 충격을 받은 사라가 혼절하자, 마르우드는 사라에게 독이 섞인 약을 먹여 그녀를 죽게 만든다. 사라의 아버지 윌리엄 삼프손은 죽어가는 딸에게 다가가 용서를 빌고, 사라 또한 죽음 직전 마르우드를 용서한다. 사라와 그녀의 부친이 보이는 고결한 용기 앞에 멜로폰트는 마르우드에 대한 복수를 할 수 없게 된다. 그는 자기 자신을 용서할 수도, 또 사라의 부친이 자신을 아들로 삼겠다는 제의도 받아들일 수 없다. 결국 멜로폰트는 스스로를 징계할 수 밖에 없게 되고(자살), 죽는 순간 사라의 부친에게 용서를 빌고 아들이 되겠노라고 말한다. 윌리엄 삼프손은 끔찍한 순간을 외면하며 아라벨라를 보살필 결심을 한다. 1755년 오데르 강변 프랑크푸르트에서 아커만 극단에 의해 시연(始演)했다.

이 드라마에서 레싱은 멜로폰트와 마르우드를 통해 대비되는 성격(귀족적인 성격/반도덕적인 성격)을 형상화하고 있지만, 이런 대비보다 더 본질적인 것은 유혹을 당하고(사라), 이를 용서하는(윌리엄 경) 가족의 인간관계이다. '시민 비극'이라는 드라마 장르의 자리매김을 가능케 하고 또 독일 내에 감상주의(感傷主義 Empfind samkeit) 예찬을 불러온 이 이 드라마에는 두 가지 측면이 자리잡고 있다. 하나는 가족의 유대감과 새로운 시민적 덕목으로서의 정서적 개방성과 함께 아파하는 마음가짐을 찬양하고 있는 측면이고, 또 하나는 이런 도덕률을 심리학적으로 아주 세밀하게 비판하고 있는 측면이다. 결과적으로 이 작품은 그때까지 전혀 다룬 적이 없는 도덕적 입장의 분화상태를 특징적으로 그려내었으며 갈등의 전개를 통한 상황, 또는 환경비판이라는 새로운 영역을 개척했다고 할 수 있다.

레싱의 비극론은 1756~1757년 문우들과 왕래한 서신 중에 나타나고 있지만, 이에 대한 본격적인 논쟁이 있었던 것은 아니다. 레싱은 다만 아리스토텔레스의 '공포와 연민'이라는 개념을 독자적으로 해석하고 또 루소의 영향을 받아 비극이 오직 한 가지 자연적인 목표를 갖는다고 해석하고 있을 뿐이다. 그에 의하면 이 목표란 '연민의 자극'이며, 그 전제는 품성이 '보통정도'인 주인공과 사적 인간을 뒤흔드는 불행한 사태이다. 그는 바로크 비극에 등장하는 스토아적인 주인공(마음의 격정이 없고, 항상 침착하며 절제가 뛰어난 주인공)을 '아름다운 괴물'이라고 해서 거부한다. 이런 주인공은 몰(沒)사회적인 경탄만을 자아내게 할 뿐이라는 것이다. 이는 마치 고체트가 연극장에서 어릿광대를 쫓아내는 과정이나 논리와 흡사하다.

  7년전쟁의 경험을 바탕으로 레싱은 영웅주의 드라마를 쓰기도 했는데 그것이 바로 ≪필로타스≫이다. 이 단막극은 프리드리히 대왕에 대한 암시를 포함하고 있다. 그는 여기에서 대왕의 문제성을 아주 은밀하게 펼쳐 보여 주기 때문에 동시대의 많은 사람들은 이 작품을 영웅 드라마로 읽었지만, 사실 이 작품은 전쟁과 광신적인 애국주의를 겨냥한 '교훈극(Lehrstück)'이다. 이 작품의 중심 테마가 희극의 형태로 나타난 작품이 '군인의 행복'이라는 부제가 붙어 있는 ≪민나 폰 바른헬름≫이다.

  7년전쟁이 끝난 후 베를린의 한 여관. 여기에는 퇴역장교 텔하임 소령이 하인 유스트와 함께 머물고 있다. 그는 전역을 한 뒤 '수중에 현금 1헬러조차 없는' 곤궁한 처지와 또 공금횡령을 했다는 비난을 받고 명예심에 상처를 입은 채 살고 있다. 그러나 개막장면이 보여 주듯이 그는 여전히 품위 있고 인간적인 처신을 하고 있다. 전사한 친구가 자신에게 상당한 빚이 있었지만, 그 미망인에게 그 빚을 탕감해 준다. 그런데 작센 귀족 집안의 딸 민나가 하녀 프란치스카를 대동하고 텔하임이 머물고 있는 이 여관에 들어선다. 여관 주인은 부유해 보이는 이 일행에게 텔하임이 쓰던 방을 내어 주고, 텔하임은 누추한 방으로 옮기게 한다. 텔하임은 여관을 떠날 결심을 하고 그 동안 누적된 비용 대신 자신의 약혼반지를 저당 잡힌다. 그런데 이 새 손님은 바로 텔하임의 약혼녀. 그녀는 7년전쟁이 끝난 뒤 편지 한 장을 보내고 소식을 끊어버린 약혼자를 찾아 헤매는 중이었다. 민나는 여관주인이 가지고 있는 반지가 자신이 오랫동안 찾고있던 약혼자의 반지임을 곧 알아본다. 또 아주 가까이 약혼자가 머물고 있다는 사실을 알게 되자, '혼절할 정도로' 기뻐한다. 그러나 자존심이 강한 텔하임은 자신이 민나에게 짐이 되는 것을 걱정하여 재결합을 거부한다. 민나는 패배감에 휩싸인 남자를 다시 품에 끌어안아야 하는 문제이기 때문에 일을 세심하게 풀어나간다. 민나는 "나의 모든 재산과 더불어 나를 거부하는 그분이지만, 내가 불행해졌다는 사실을 듣게 되는 순간, 온 세상을 향해 나를 지켜 줄 거야"라고 믿는다. 민나는 사랑의 속임수를 꾸민다. 자신이 텔하임의 입장을 받아들이면서, 자신은 백부의 상속녀 자격을 박탈당했기 때문에 텔하임이 명예회복이 되더라도 그의 약혼녀가 될 수 없노라고 꾸며댄 것이다. 그러나 이런 계책이 모두 허사가 되어 사건 흐름이 비극적으로 끝나려는 순간, 백부가 나타나 사태를 반전시킨다. 그리고 왕의 개입으로 공금횡령과 관련한 텔하임의 혐의도 벗겨진다. 두 사람의 재결합에 있어 모든 장애가 제거된 것이다. 1767년 9월 30일 함부르크에서 시연(始演)했다.

두 연인의 사랑 이야기를 핵심으로 하고 있는 이 작품은, 레싱 자신이 7년전쟁 당시 브레스라우 주둔군 사령과 비서로 일하며 당시의 정황을 직접 체험했던 바에 기인한다. 함부르크의 국민극장 설립과 관련하여 공연된 이 작품은 후세에 모범이 될 수 있고, 또 시류에 맞는 작품을 만들겠다는 레싱의 야심이 담긴 작품이다. 때문에 그는 이 드라마의 언어와 형식에 극히 세심한 주의를 기울였다. 그는 코미디, 특히 전형적인 계몽주의 코미디가 그렇듯이 인간적인 약점이나 악덕을 비웃음을 통해 그저 비판하고 폭로하는 것에 머물러서는 안 되고 또 '감상희극(comedie larmoyant)'에서처럼 품성을 갖춘 인물의 불행에 대해 눈물바람을 일으킬 정도로 맹목적인 동정심을 폭발시키는 것도 억제하여야 한다는 입장이었다. 레싱은 이 두 형태의 생산적 통합을 의도했다. "익살극은 웃음만을 유발하고, 감상희극은 감상만을 유발한다. 진정한 코미디는 이 두 가지 모두여야 한다"고 주장한 레싱은 관객이 배(腹)를 잡고 웃을 뿐만 아니라, 동시에 이성(=머리)을 싸안고 웃을 수 있다면,

이런 관객은 인식(認識)을 통한 아픔에의 참여, 형상인물과 고유한 인물을 의식적으로 동일시함으로써 관객 자신과 인간의 현존재 조건, 그리고 그 가능성에 대한 통찰에 도달할 수 있다고 믿었다. 작품의 주된 인물인 텔하임과 민나 외에 주변인물 유스트, 프란치스카, 여관 주인, 기사 리코 등이 각자의 독특한 성격으로 빚어져 있다. 뛰어난 인물구도와 함께 거의 완벽한 구성, 대화의 섬세함과 긴장감, 시적인 사랑의 대위법 등으로 이 작품은 독일의 유수한 희극으로 자리매김 되어 있다. 후세는 이 작품을 프리드리히 2세를 조심스럽게 찬양한 작품으로도 읽고, 반대로 당대 프리드리히 체제에 대한 예리한 새 타이어로도 읽으며 '계몽주의 동화'라고 말하는 사람도 있다.

≪에밀리아 갈로티≫는 레싱이 28세 때인 1757년에 시작하였으나, 시간이 한참 지난 42세 때인 1771~1772년 완성하였고, 1772년 3월 13일 브라운슈바이크에서 시연(始演)됐다. 이 드라마는 당시까지 주로 운문으로 쓰여진 것인데 비해 산문으로 쓰여진 드라마라는 특징을 갖고 있다. 이 작품에 대한 해석은 정치적인 해석과 비정치적인 해석 두 갈래로 나뉘고 있다. 그렇게 된 데에는 작품의 주된 모티브 때문이다. 리비우스가 로마사에 남기고 있는 한 정치적 사건이 바로 그것

이다.

로마의 역사학자 리비우스가 쓴 ≪로마사≫에 전해 내려오는 이 사건은 기원전 5세기경으로 거슬러 올라간다. 당시 로마는 왕정에서 공화정으로 정치체제가 바뀌었던 시점이었다. 아직 국가 성립의 초창기에 머물러있던 로마는 당시 그 존재의 유지를 위해 로마를 둘러싸고 있던 외세와 부단한 투쟁을 벌이지 않으면 안 되었다. 그리고 이 투쟁을 위해 귀족과 평민이 대립적 협조 관계를 유지하고 있었다. 그러나 점차 시간이 지나면서 평민들이 귀족들에 대해서 불이익을 당하고 있다는 생각을 갖게 되었고, 그들은 그들의 권익을 위해 소위 성문법을 제정할 것을 요구하여, 소위 '12표법'이 제정되었다. 그러나 이 법은 귀족에 대해 평등한 권리를 획득하려 했던 평민의 기대 수준에 훨씬 미치지 못한 법이었다. 때문에 평민들 내부에서는 이 법을 제정한 원로원의 귀족과 이 법 제정 과정에서 평민 계급에 대한 적대감을 노골적으로 드러냈던 아피우스 클라디우스에 대해 심히 분노한 상태였다. 그러나 이 분노는 정치적 사안 때문이 아니라 클라디우스의 개인적인 여자 문제 때문에 폭발했다.

그 경위는 이러했다. 아피우스 클라디우스는 비르기니아라는 한 미모의 여인을 사모하고 있었다. 그러나 이 남자는 로마에서도 유명한 귀족 집안 출신이었고, 여인은 평민 출신이었다. 당시 로마의 '12표법'은 귀족과 평민 사이의 결혼을 금지하고 있었기 때문에 귀족이 평민 여인을 취하려 할 경우 첩이나 노예로 취할 수밖에 없었다. 클라디우스는 이 여인을 첩으로 맞아들이려 했지만, 이 여인은 이에 응하지 않았다. 그러자 이 귀족은 하나의 위계(僞計)를 꾸몄다. 즉 자신의 부하를 시켜 그 여인이 그 부하가 노예를 통해서 낳은 딸이라고 선언하게 만든 것이다. 노예의 자식은 그 주인의 소유가 되는 법규를 악용한 것이다. 그렇게 해서 아피우스 클라디우스는 문제의 여인을 납치하는 데 성공했다. 그러나 그 다음이 문제였다.

여인의 아버지는 전직 호민관으로 당시 전쟁터에 나가 싸우고 있었다. 전장에서 이 소식을 접한 아버지는 급히 로마로 돌아와서 납치된 딸을 만나게 된다. 그 상황에서 여인의 아버지는 자신의 딸을 자유롭게 해주기 위해서는 다른 방도가 없음을 알자 가지고 있던 단검으로 딸을 찔러 죽이고 만다. 이렇게 되자 로마에 있던 평민뿐만 아니라, 전쟁에 나갔던 평민들까지 들고일어났다. 이들은 귀족 아피우스의 전횡에 항의하여 모두 몬테사크로 산(山)—이른바 성산(聖山)—으로 들어가 농성을 벌였다. 부하들을 규합하여 평민들과 대적하려 했던 아피우스 클라디우스는 체포되어 재판을 받게 되었다. 그러자 강경 보수주의자이긴 했지만 자존심이 강했던 아피우스는 재판에 회부되는 불명예를 참지 못하고 그 전날 밤 감옥에서 자결하고 만다. 이 사건을 계기로 평민들은 자신들의 정치적 요구를 관철시켰다. 귀족 계급은 이제 평민의 동의를 받지 않은 기관을 설치하지 않겠다고 약속을 한 것이었다.

레싱은 ≪에밀리아 갈로티≫에서 로마의 역사적 사실을 수용하고 변화시켜 형상화하였다. 그는 사건 장소를 18세기의 독일이 아닌 르네상스 시절의 이탈리아 소공국 구아스탈라로 설정했다. 그는 아마도 이 드라마에 용해된 주제 자체가 정치적으로 해석될 소지가 있고, 또 그것이 자신의 삶에 직접적인 영향을 끼칠 수 있다고 생각했기에 배경 설정을 그렇게 했을 것으로 추측된다. 이 작품은 그러나 첫 공연이 이뤄진 때부터 논란의 대상이 되었고, 그 논쟁은 지금까지도 여전히 계속되고 있다. 가장 중요한 논쟁은 레싱이 이 작품을 통해 당대 정치체제를 비판하려 한 것이었느냐는 점에 관련된 것이었다.

레싱 자신은 집필 당시부터 소재의 정치적 속성보다 그 비극성에 관심을 두었던 것 같다. 한 편지에서 그는

> 현재 작업 주제는 에밀리아 갈로티라고 명명된 시민 비르기니아이다. 전 로마의 관심 대상이 되었던 로마인 비르기니아에 관한 운명을 테마로 한다. 한 아버지는 딸의 목숨보다 명예를 중시하여 딸을 죽인다. 이 딸의 운명은 실재 로마 역사처럼 사건의 결과로 정치체제를 전복시키지는 않지만 사람의 영혼을 뒤흔들 만큼 충분히 비극적이고 또 그럴 만하다.

라고 적고 있다. 또 작품을 마친 레싱은 동생에게 원고를 보내며 편지에, "이 작품은 본래의 소재인 정치로부터 벗어난 현대화한 비르기니아 이외에는 아무것도 아니다"라고 쓰고 있고 또 말년에 자신이 머물던 브라운슈바이크 공국의 대공(大公) 카알에게도, "고대 로마의 비르기니아 이야기를 현대적으로 각색한 것 이외에는 아무것도 아니다"라고 설명하며 작품의 비정치성을 애써 강조하였다.

그러나 작가의 의도가 어떤 것이었든 상관없이 작품의 정치적 잠재성을 지적한 경우도 많이 있다. 즉 이 작품은 전제군주, 혹은 봉건영주의 자의(恣意)와 횡포에 저항하여 일어서기 시작하고 급기야는 프랑스 대혁명으로 나아가기까지에 이른 시민 계급의 각성과 자의식을 형상화고 있는 작품이라는 해석이 바로 그런 입장이다.

괴테는 잘 알려진 에커만과의 대화에서, 이 작품은 봉건영주에게 레싱이 창을 겨눈 것이라고 설명하고 있으며, "전제군주의 자의적 지배에 대항하여 도덕적으로 항거하는 결정적인 발걸음"이라고 규정하고 있다.

작품 의도와는 별도로 이 작품의 구성에 관한 논의도 있다. 작품의 마무리에 원 소재와 달리 정치적인 집단 저항이 나타나지 않고 끝나는 것과 관련하여 이것이 죽음 너머 세계에서의 구원에 대한 희망을 환기시키려는 의도라는 해석과 당시 독일 시민계급의 비정치적인 행동양식에 대한 비판이라는 해석이 있다. 쉴레겔은 이 작품이 '드라마 기하학의 위대한 표본'이라는 말로 작품 구조를 평한 바 있는데, 그의 이 발언은 레싱이 그의 함부르크 극작론에서 비극이 갖춰야 할 것들로 요구한 것을 실제 작품에서는 충족시키지 못하고 있는 점을 지적한 것이기도 했다.

≪현자(賢者) 나탄≫(1779년 발표, 1783년 레싱 사후 베를린에서 시연)은 앞에서 언급했듯이, 볼펜뷔텔에서 도서관 일을 하던 레싱이 사무엘 라이마루스 유고를 발간하던 과정에서 함부르크 주임목사인 괴체와 신학 논쟁을 거듭하던 중 자신의 입장을 밝힐 수 없게 되자, 자신의 〈오랜 연단〉인 연극을 통해 발언을 계속하기 위해 집필한 작품이다. 이 작품의 성립에는 이런 요인뿐 아니라,

레싱의 보카치오의 ≪데카메론≫을 읽었기 때문이기도 하다. 오각운(五脚韻) 얌부스 시형식으로 쓰여진 이 작품은 소포클레스의 ≪오이디푸스 왕≫처럼 분석극이다. '드라마 같은 시'라는 부제가 있는 이 작품에는 비극적인 요소와 희극적인 요소가 혼합되어 있으나, 꼭 집어서 비극 혹은 희극이라고 말할 수 없다. 작품의 행동연계가 흥미롭게 짜여있지만, 종결부를 향해 치밀하게 유기적으로 조합되어 있지는 않기 때문이다. 드라마 중심은 도덕 철학적인 내용의 우화가 자리잡고 있다. 행동 배경은 13세기 경 십자군 운동 시대이다.

점잖고 부유한 유대인 나탄에게는 레카라는 아리따운 딸이 있다. 레카는 그러나 친딸이 아니라 입양한 딸로 크리스트 교인이다. 나탄의 일곱 아들이 크리스트 교도들에게 살해된 후 입양했던 것이다. 레카는 이런 사실을 전혀 모르고 있다. 긴 여행에서 돌아온 나탄은 레카의 가정교사이자 보호자인 다야로부터 레카가 큰 위험을 모면했다는 말을 듣게 된다. 레카가 갑자기 일어난 불에 갇혀 죽을 위기에 처했을 때, 한 성당 기사가 나타나 그녀를 구해 주었다는 것이다. 나탄은 감사를 표시하기 위해 이 성당 기사를 만나고 싶어한다. 성당 기사는 다야를 통해서 나탄의 초대를 받았지만, 이를 회피한다. 그러나 나중에 두 사람은 개인적인 만남을 통해서 가까워진다. 성당 기사는 레카를 사모하지만 종교적 입장 차이 때문에 속앓이를 하고 있을 뿐인데, 이런 심적 갈등은 두 사람이 서로 남매간이라는 사실이 밝혀지면서 저절로 해결되고 만다. 레카의 오빠인 성당 기사는 운명의 여러 장난들 때문에 예루살렘에까지 오게 되었던 것이다. 이런 사건연계는 또 다른 것과 얽히게 되는데 그 흐름은 돈씀씀이가 큰 이슬람의 최고지도자인 살라딘 술탄과 그의 영민한 여동생 시타가 살고 있는 궁정으로 흘러든다. 재정난에 봉착한 살라딘은 나탄의 도움을 구하기 위해 어려운 수수께끼를 내고 이를 통해 나탄에게 압력을 넣어 적절한 대응을 받아내려 한다. 술탄은 나탄에게 유대교, 기독교, 그리고 이슬람교 중에 어떤 것이 진정한 종교인가 하는 질문을 던진 것이다. 나탄은 반지 우화를 빌어 대답을 한다. 세 종교는 신 앞에서 모두 동일하며, 이들 중 어떤 것을 우위에 있다고 말할 수 없다는 것이다. 다만 이 세 종교가 각기 사랑을 더 베풀 수 있느냐 하는 것으로 경쟁하여 가장 뛰어난 업적을 낸 종교가 최고의 종교가 될 것이라고 말한다. 작품의 말미에 레카와 성당 기사가 남매 간일 뿐만 아니라, 이 두 사람과 살라딘 술탄과도 친족관계라는 사실이 밝혀짐으로써 모든 행동연계가 하나로 통합된다.

작품에서 현명한 유대인 부자 나탄은 기독교, 유대교, 이슬람교가 쟁패를 벌이는 심각한 긴장 속에서도 균형을 유지하기 위해 최대한 노력한다. 술탄과의 대화 중에 그가 던진 우화를 통해서, 나탄은 종교는 역사적·민족적인 특성이 배일 수밖에 없는 일종의 사회적 제도이며, 그것들이 각기 함유한 도그마에 의해서 평가되어서는 안 되고 오직 그것이 인류의 행복과 평화, 그리고 교육을 위해 어떻게 역할을 했는가에 따라 판단해야 한다는 주장을 하고 있다. 이런 그의 주장은 극적 행동연계에 그대로 반영된다. 레싱은 그의 최후의 작품을 통해 자신의 계몽주의적 세계관의 요체― 라이프니츠적인 의미에서 신의 섭리에 대한 낙관론, 인간은 개인적 차원에서 끊임없이 진리를 추구한다는 믿음, 인류 보편적인 연대(連帶)를 일궈나가야 한다는 점, 관용(寬容)의 정신 등―를 다시 한번 분명하게 문학적으로 형상화한 것이다.

역자소개

송 전(宋 典)

현 한남대 유럽어문학부 독문학 교수. 서울대 독문과 졸, 독일 보쿰 대 수학, 문학박사. , 독일 자유 베르린 대 객원교수 역임. 저·역서로 『하우프트만의 사회극 연구』(대전, 한남대 출판부), 『드라마 분석론』(아스무트 저, 한남대 출판부)이 있으며 A. 쉬니츨러, 「라이젠 보그 남작의 죽음」, 헤세 「기우사」 등의 소설 번역(살림출판사). 하우프트만, 쉬니츨러, 브레히트 등 주로 독일 연극과 드라마에 관련한 다수의 논문과 이청준, 최인훈에 관한 문학평론문 등을 썼다. 레싱의 「에밀리아 갈로티」와 브레히트의 「카라 부인의 무기」 등의 번역, 연출 및 이청준의 중편소설 「예언자」의 각색 등 현장 연극작업도 병행하고 있다.

에밀리아 칼로티 〈서문문고 316〉

초판 발행 / 2000년 4월 15일
초판 2쇄 / 2017년 7월 31일
옮긴이 / 송 전
펴낸이 / 최 석 로
펴낸곳 / 서 문 당
주소 / 경기도 일산 서구 가좌동 630
전화 / 031-923-8258 팩스 / 031-923-8259
창업일자 / 1968.12.24
창업등록 / 1968.12.26 No.가2367
등록번호 / 제406-313-2001-000005호
ISBN 978-89-7243-516-7

* 잘못된 책은 바꾸어 드립니다

서문문고 목록

001~303
◆ 번호 1의 단위는 국학
◆ 번호 홀수는 명저
◆ 번호 짝수는 문학

001 한국회화소사 / 이동주
002 황야의 늑대 / 헤세
003 고독한 산책자의 몽상 / 루소
004 멋진 신세계 / 헉슬리
005 20세기의 의미 / 보울딩
006 가난한 사람들 / 도스토예프스키
007 실존철학이란 무엇인가 / 볼노브
008 주홍글씨 / 호돈
009 영문학사 / 에반스
010 쯔바이크 단편집 / 쯔바이크
011 한국 사상사 / 박종홍
012 플로베르 단편집 / 플로베르
013 엘리어트 문학론 / 엘리어트
014 모옴 단편집 / 서머셋 모옴
015 몽테뉴수상록 / 몽테뉴
016 헤밍웨이 단편집 / E. 헤밍웨이
017 나의 세계관 / 아인스타인
018 춘희 / 뒤마피스
019 불교의 진리 / 버트
020 뷔뷔 드 몽빠르나스 / 루이 필립
021 한국의 신화 / 이어령
022 몰리에르 희곡집 / 몰리에르
023 새로운 사회 / 카아
024 체호프 단편집 / 체호프
025 서구의 정신 / 시그프리드
026 대학 시절 / 슈토롬
027 태초에 행동이 있었다 / 모로아
028 젊은 미망인 / 쉬니츨러
029 미국 문학사 / 스필러
030 타이스 / 아나톨프랑스
031 한국의 민담 / 임동권
032 모파상 단편집 / 모파상
033 은자의 황혼 / 페스탈로치
034 토마스만 단편집 / 토마스만
035 독서술 / 에밀파게
036 보물섬 / 스티븐슨
037 일본제국 흥망사 / 라이샤워
038 카프카 단편집 / 카프카
039 이십세기 철학 / 화이트
040 지성과 사랑 / 헤세
041 한국 장신구사 / 황호근
042 영혼의 푸른 상흔 / 사강
043 러셀과의 대화 / 러셀
044 사랑의 풍토 / 모로아
045 문학의 이해 / 이상섭
046 스탕달 단편집 / 스탕달
047 그리스. 로마신화 / 벌핀치
048 육체의 악마 / 라디게
049 베이컨 수상록 / 베이컨
050 마농레스코 / 아베프레보
051 한국 속담집 / 한국민속학회
052 정의의 사람들 / A. 까뮈
053 프랭클린 자서전 / 프랭클린
054 투르게네프 단편집 / 투르게네프
055 삼국지 (1) / 김광주 역
056 삼국지 (2) / 김광주 역
057 삼국지 (3) / 김광주 역
058 삼국지 (4) / 김광주 역
059 삼국지 (5) / 김광주 역
060 삼국지 (6) / 김광주 역
061 한국 세시풍속 / 임동권
062 노천명 시집 / 노천명
063 인간의 이모저모 / 라 브뤼에르
064 소월 시집 / 김정식
065 서유기 (1) / 우현민 역
066 서유기 (2) / 우현민 역
067 서유기 (3) / 우현민 역
068 서유기 (4) / 우현민 역
069 서유기 (5) / 우현민 역
070 서유기 (6) / 우현민 역
071 한국 고대사회와 그 문화 / 이병도
072 피사지에서 생긴일 / 슬론 윌슨
073 마하트마 간디전 / 로망롤랑
074 투명인간 / 웰즈
075 수호지 (1) / 김광주 역

서문문고목록 2

076 수호지 (2) / 김광주 역
077 수호지 (3) / 김광주 역
078 수호지 (4) / 김광주 역
079 수호지 (5) / 김광주 역
080 수호지 (6) / 김광주 역
081 근대 한국 경제사 / 최호진
082 사랑은 죽음보다 / 모파상
083 퇴계의 생애와 학문 / 이상은
084 사랑의 승리 / 모옴
085 백범일지 / 김구
086 결혼의 생태 / 펄벅
087 서양 고사 일화 / 홍윤기
088 대위의 딸 / 푸시킨
089 독일사 (상) / 텐브록
090 독일사 (하) / 텐브록
091 한국의 수수께끼 / 최상수
092 결혼의 행복 / 톨스토이
093 율곡의 생애와 사상 / 이병도
094 나심 / 보들레르
095 에머슨 수상록 / 에머슨
096 소아나의 이단자 / 하우프트만
097 숲속의 생활 / 소로우
098 마을의 로미오와 줄리엣 / 켈러
099 참회록 / 톨스토이
100 한국 판소리 전집 / 신재효, 강한영
101 한국의 사상 / 최창규
102 결산 / 하인리히 빌
103 대학의 이념 / 야스퍼스
104 무덤없는 주검 / 사르트르
105 손자 병법 / 우현민 역주
106 바이런 시집 / 바이런
107 종교론, 국민교육론 / 톨스토이
108 더러운 손 / 사르트르
109 신역 맹자 (상) / 이민수 역주
110 신역 맹자 (하) / 이민수 역주
111 한국 기술 교육사 / 이원호
112 가시 돋힌 백합 / 어스킨콜드웰
113 나의 연극 교실 / 김경옥
114 목녀의 로맨스 / 하디
115 세계발행금지도서100선 / 안춘근
116 춘향전 / 이민수 역주
117 형이상학이란 무엇인가 / 하이데거
118 에머니의 비밀 / 모파상
119 프랑스 문학의 이해 / 송면
120 사랑의 핵심 / 그린
121 한국 근대문학 사상 / 김윤식
122 어느 여인의 경우 / 콜드웰
123 현대문학의 지표 외 / 사르트르
124 무서운 아이들 / 장콕토
125 대학·중용 / 권태익
126 사씨 남정기 / 김만중
127 행복은 지금도 가능한가 / B. 러셀
128 검찰관 / 고골리
129 현대 중국 문학사 / 윤영춘
130 펄벅 단편 10선 / 펄벅
131 한국 화폐 소사 / 최호진
132 사형수 최후의 날 / 위고
133 사르트르 평전 / 프랑시스 장송
134 독일인의 사랑 / 막스 뮐러
135 사서삼경 입문 / 이민수
136 로미오와 줄리엣 / 셰익스피어
137 햄릿 / 셰익스피어
138 오델로 / 셰익스피어
139 리어왕 / 셰익스피어
140 맥베스 / 셰익스피어
141 한국 고시조 500선 / 강한영 편
142 오색의 베일 / 서머셋 모옴
143 인간 소송 / P.H. 시몽
144 불의 강 외 1편 / 모리악
145 논어 / 남만성 역주
146 한여름밤의 꿈 / 셰익스피어
147 베니스의 상인 / 셰익스피어
148 태풍 / 셰익스피어
149 말괄량이 길들이기 / 셰익스피어
150 뜻대로 하셔요 / 셰익스피어
151 한국의 기후와 식생 / 차종환
152 공원묘지 / 이블린
153 중국 회화 소사 / 허영환
154 데미안 / 해세

서문문고목록 3

- 155 신역 서경 / 이민수 역주
- 156 임어당 에세이선 / 임어당
- 157 신정치행태론 / D.E.버틀러
- 158 영국사 (상) / 모로아
- 159 영국사 (중) / 모로아
- 160 영국사 (하) / 모로아
- 161 한국의 괴기담 / 박용구
- 162 윤손 단편 선집 / 윤손
- 163 권력론 / 러셀
- 164 군도 / 실러
- 165 신역 주역 / 이기석
- 166 한국 한문소설선 / 이민수 역주
- 167 동의수세보원 / 이제마
- 168 좁은 문 / A. 지드
- 169 미국의 도전 (상) / 시라이버
- 170 미국의 도전 (하) / 시라이버
- 171 한국의 지혜 / 김덕형
- 172 감정의 혼란 / 쯔바이크
- 173 동학 백년사 / B. 윔스
- 174 성 도밍고성의 약혼 / 클라이스트
- 175 신역 시경 (상) / 신석초
- 176 신역 시경 (하) / 신석초
- 177 베를렌느 시집 / 베를렌느
- 178 미시시피씨의 결혼 / 뒤렌마트
- 179 인간이란 무엇인가 / 프랭클
- 180 구운몽 / 김만중
- 181 한국 고시조사 / 박을수
- 182 어른을 위한 동화집 / 김요섭
- 183 한국 위기(圍棋)사 / 김용국
- 184 숲속의 오솔길 / A.시티프터
- 185 미학사 / 에밀 우티쯔
- 186 한중록 / 혜경궁 홍씨
- 187 이백 시선집 / 신석초
- 188 민중들 반란을 연습하다 / 권터 그라스
- 189 축혼가 (상) / 샤르돈느
- 190 축혼가 (하) / 샤르돈느
- 191 한국독립운동지혈사(상) / 박은식
- 192 한국독립운동지혈사(하) / 박은식
- 193 항일 민족시집 / 안중근외 50인
- 194 대한민국 임시정부사 / 이강훈
- 195 항일운동가의 일기 / 장지연 외
- 196 독립운동가 30인전 / 이민수
- 197 무장 독립 운동사 / 이강훈
- 198 일제하의 명논설집 / 안창호 외
- 199 항일선언·창의문집 / 김구 외
- 200 한말 우국 명상소문집 / 최창규
- 201 한국 개항사 / 김용욱
- 202 전원 교향악 외 / A. 지드
- 203 직업으로서의 학문 외 / M. 베버
- 204 나도향 단편선 / 나빈
- 205 윤봉길 전 / 이민수
- 206 다니엘라 (외) / L. 린저
- 207 이성과 실존 / 야스퍼스
- 208 노인과 바다 / E. 헤밍웨이
- 209 골짜기의 백합 (상) / 발자크
- 210 골짜기의 백합 (하) / 발자크
- 211 한국 민속악 / 이선우
- 212 젊은 베르테르의 슬픔 / 괴테
- 213 한문 해석 입문 / 김종권
- 214 상록수 / 심훈
- 215 채근담 강의 / 홍응명
- 216 하디 단편선집 / T. 하디
- 217 이상 시전집 / 김해경
- 218 고요한 물방아간이야기 / H. 주더만
- 219 제주도 신화 / 현용준
- 220 제주도 전설 / 현용준
- 221 한국 현대사의 이해 / 이현희
- 222 부와 빈 / E. 헤밍웨이
- 223 막스 베버 / 황산덕
- 224 적도 / 현진건
- 225 민족주의와 국제체제 / 힌슬리
- 226 이상 단편집 / 김해경
- 227 심락신강 / 강무학 역주
- 228 굿바이 미스터 칩스 (외) / 힐튼
- 229 도연명 시전집 (상) / 우현민 역주
- 230 도연명 시전집 (하) / 우현민 역주
- 231 한국 현대 문학사 (상)]

서문문고목록 4

/ 전규태
232 한국 현대 문학사 (하) / 전규태
233 말테의 수기 / R.H. 릴케
234 박경리 단편선 / 박경리
235 대학과 학문 / 최호진
236 김유정 단편선 / 김유정
237 고려 인물 열전 / 이민수 역즈
238 에밀리 디킨슨 시선 / 디킨슨
239 역사와 문명 / 스트로스
240 인형의 집 / 입센
241 한국 골동 입문 / 유병서
242 토마스 울프 단편선 / 토마스 울프
243 철학자들과의 대화 / 김준섭
244 파리시절의 릴케 / 버틀러
245 변증법이란 무엇인가 / 하이스
246 한용운 시전집 / 한용운
247 중론송 / 나아가르쥬나
248 알퐁스도데 단편선 / 알퐁스 도데
249 엘리트와 사회 / 보트모어
250 O. 헨리 단편선 / O. 헨리
251 한국 고전문학사 / 전규태
252 정을병 단편집 / 정을병
253 악의 꽃들 / 보들레르
254 포우 걸작 단편선 / 포우
255 양명학이란 무엇인가 / 이면수
256 이육사 시문집 / 이원록
257 고시 십구수 연구 / 이계주
258 안도라 / 막스프리시
259 병자남한일기 / 나만갑
260 행복을 찾아서 / 파울 하이제
261 한국의 효사상 / 김익수
262 갈매기 조나단 / 리처드 바크
263 세계의 사진사 / 버먼트 뉴홀
264 환영(幻影) / 리처드 바크
265 농업 문화의 기원 / C. 사우어
266 젊은 처녀들 / 몽테를랑
267 국가론 / 스피노자
268 임진록 / 김기동 편
269 근사록 (상) / 주희
270 근사록 (하) / 주희
271 (속)한국근대문학사상 / 김윤식
272 로렌스 단편선 / 로렌스
273 노천명 수필집 / 노천명
274 콜롱바 / 메리메
275 한국의 연정담 / 박용구 편저
276 심현학 / 황산덕
277 한국 명창 열전 / 박경수
278 메리메 단편선 / 메리메
279 예언자 / 칼릴 지브란
280 충무공 일화 / 성동호
281 한국 사회풍속야사 / 임종국
282 행복한 죽음 / A. 까뮈
283 소학 신강 (내편) / 김종권
284 소학 신강 (외편) / 김종권
285 홍루몽 (1) / 우현민 역
286 홍루몽 (2) / 우현민 역
287 홍루몽 (3) / 우현민 역
288 홍루몽 (4) / 우현민 역
289 홍루몽 (5) / 우현민 역
290 홍루몽 (6) / 우현민 역
291 현대 한국시의 이해 / 김해성
292 이효석 단편집 / 이효석
293 현진건 단편집 / 현진건
294 채만식 단편집 / 채만식
295 삼국사기 (1) / 김종권 역
296 삼국사기 (2) / 김종권 역
297 삼국사기 (3) / 김종권 역
298 삼국사기 (4) / 김종권 역
299 삼국사기 (5) / 김종권 역
300 삼국사기 (6) / 김종권 역
301 민화란 무엇인가 / 임두빈 저
302 무정 / 이광수
303 야스퍼스의 철학 사상 / C.F. 월레프
304 마리아 스튜아르트 / 쉴러
311 한국풍속화집 / 이서지
312 미하엘 콜하스 / 클라이스트
314 직조공 / 하우프트만
316 에밀리아 갈로티 / G. E. 레싱
318 시몬 마샤르의 환상 / 베르톨트 브레히트